KB059089

귀여우면 변태라도 좋아해 주실 수 있나요?

9

하나마 토모 지음
sune 일러스트
심희정 옮김

"그, 그런 말 하지 마······ 히읏?!"

코끝이 피부에 닿을 때마다 간지러운 듯 몸을 비트는 아야노.

"후지모토, 엄청 좋은 냄새가 나."

엉덩방아를 찧고 손을 뒤로 돌린 상태로 굳어진 케이키.
그런 남자아이 위에 달라붙은 자세로 멈춰버린 마오.
한 번 더 말하지만 둘 다 알몸이었다.
그녀의 결코 작지 않은, 풍만하게 부푼 곳이
케이키의 가슴팍을 꽉 눌렀고
생생한 부드러움이 가차 없이 덮쳐왔다.

(이건, 곤란해……!!)

목차

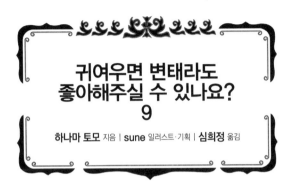

귀여우면 변태라도
좋아해주실 수 있나요?
9

하나마 토모 지음 | **sune** 일러스트·기획 | **심희정** 옮김

컬러, 본문 일러스트, 기획 | sune

"키류에게 긴히 할 말이 있어."

진지한 얼굴로 그렇게 말한 건 여관 유카타로 몸을 감싼 후지모토 아야노였다.

그곳은 자연체험학습에서 사용하고 있는 숙박 시설 베란다였고, 불순물이 적은 겨울 밤하늘에는 아름다운 별이 몇 개나 반짝이고 있었다.

"긴히 할 말?"

똑같은 유카타 차림의 케이키가 되묻자 아야노가 고개를 끄덕이며 뒤에 감추고 있던 양손을 가슴 앞으로 내밀었다.

러브레터를 건네듯 그녀가 내민 것.

그것은 순백의 귀여운 팬티였다―.

"아야노랑 팬티 교환……하자."

"안 할 건데요."

마치 숨을 쉬듯 자연스럽게 거절의 말이 입 밖으로 흘러나왔다.

학생회 부회장인 아야노는 냄새 페티시스트인 변태 소녀.

지금까지의 경험으로 케이키는 이러한 전개를 예상하고 있었다.

그녀가 케이키의 방금 벗은 팬티를 원한다는 건 알고 있었고, 정말이지 사랑의 고백이 날아들 것만 같은 상황에서

11

변태적 커밍아웃으로 이어지는 건 이미 연례행사였다.

하지만 그 이후 아야노의 반응은 예상 밖이었다.

"알았어. 키류의 팬티는 포기할게."

"응? 오늘의 후지모토는 묘하게 이해가 빠르네."

평소라면 조금 더 물고 늘어질 텐데 오늘따라 깨끗이 물러나는 아야노를 보며 케이키는 위화감을 느꼈다.

"대신 키류에게 내가 입고 있던 팬티를 씌울 거야."

"뭐? 지금, 뭐라고?"

"요즘 케이키가 아이리나 회장이랑 사이가 좋았으니까…… 벌을 주려고."

"그건 유이카의 전매특허 아니었어?!"

도S가 아닌 부회장의 언동에 무서워 벌벌 떠는 키류.

반사적으로 도망치려는데 정면에서 달려든 아야노의 몸을 피하지 못하고 그 자리에 밀려 넘어지고 말았다.

"잠깐, 후지모토?!"

"난봉꾼인 키류는 팬티를 뒤집어쓴 변태 가면으로 만들어 버릴 거야."

"변태 가면?!"

여자의 팬티를 뒤집어쓰다니, 그건 틀림없는 변태 가면이었다.

그런 것으로 변신하면 이제 두 번 다시 태양 아래를 걸을 수 없게 될 것이다.

"우후후……."

케이키 위에 올라탄 채 원래는 다리를 통과하라고 만든 팬티 구멍에 손을 넣고, 마스크로 가정한 그것을 손에 쥔 아야노가 다가왔다.

"자, 어서 써봐."

"으……으아아아아아아아아아아아악?!"

아야노가 팬티를 뒤집어씌우려고 양손을 뻗었고, 펼쳐진 속옷 안감이 시야를 덮은 순간 한밤의 여관에선 케이키의 비명이 울려 퍼졌다.

"─오빠? 오빠. 벌써 아침이야."

"으, 으─응…… 팬티는…… 팬티는 진짜 좀 봐줘……."

"무슨 잠꼬대가 그래? 그만 일어나지 않으면 지각할지도 몰라."

"으……으응~……?"

부드러운 목소리로 타이르며 어깨를 부드럽게 흔들자 케이키가 눈을 떴고 사랑하는 여동생인 미즈하와 눈이 마주쳤다.

"……어라……미즈하……?"

침대에 가로누운 채 시선을 돌려보니 그곳은 익숙한 자신의 방이었다.

머리맡에 놓인 시계는 오전 7시를 가리키고 있었고 커튼

이 열린 창문으로는 아침 햇살이 쏟아져 들어왔다.

"다행이다…… 그건 꿈이었구나……."

유이카가 팬티를 입 안에 밀어 넣는 꿈은 자주 꿨지만 범인이 아야노인 버전은 처음이었다.

느긋하게 하품을 흘리며 케이키가 느릿느릿 몸을 일으키자 침대 옆에 서 있던 미즈하가 싱긋 웃었다.

"오빠, 좋은 아침. 오늘은 살짝 늦잠을 자버렸네."

"미즈하, 좋은 아침. 잠시 악몽을 꾼 것……같은데?"

대사 어미에 붙은 의문부호.

그 원인은 예상 밖의 광경이 눈에 들어왔기 때문이었다.

"간호사……라고?!"

그렇다, 미즈하는 웬일인지 간호사 유니폼을 착용하고 있었다.

눈부신 백의에 짧은 스커트라는 매혹적인 코스튬에, 물론 귀여운 간호사 모자도 완비.

자신의 방에 간호사 코스프레를 한 여동생이 있었다―.

믿을 수 없는 이야기였지만 눈을 아무리 비벼도 그 사실은 바뀌지 않았다.

너무 다른 차원의 전개에 케이키는 '과연'이라고 납득했다.

"그래, 난 아직 꿈속에 있는 거야……."

"꿈이 아니야."

"아침부터 여동생이 간호사 코스프레라니, 그런 라이트

노벨 같은 이야기가 있을 리가 없잖아!"

"오빠가 전력을 다해 현실도피하고 있어……."

"그렇게까지 말한다면 증명해봐."

"증명?"

"내 볼을 살짝 꼬집어 봐."

"좋아……."

부탁을 승낙한 미즈하가 손을 뻗어 오빠의 뺨을 가볍게 꼬집었다.

"어떠신가요?"

"으음, 그냥 아픈데."

힘 조절은 했지만 분명 통증은 있었다.

아무래도 진짜 꿈이 아닌 모양이었다.

"그래서, 미즈하는 왜 그런 차림을?"

"오빠 머릿속을 나로 가득 채우려고."

"아침부터 그런 얀데레 같은 말은 하지 말아줘."

"그건 농담이고. 사실은 오빠를 흥분시키려고 해봤습니다."

"흥분시켜?!"

의도는 모르겠지만 그녀는 자신의 오빠를 흥분시키려고 했던 모양이다.

흥분했는지는 둘째 치고 간호사 복장이 너무 충격적이라 졸음이 완전히 달아나버렸다.

"아니, 용케 그런 옷을 갖고 있네."

"어울려?"

"어리석은 질문이야. 이 이상 없을 정도로 잘 어울리고 이런 간호사가 있다면 평생 입원하고 싶어."

"고마워. 오빠를 위해 만들었거든."

"설마 직접 만들었어?"

"유이카만큼 능숙하진 않지만."

그래도 아마추어의 눈에는 충분히 퀄리티가 높아 보였다.

키류 가의 미즈하는 요리도 잘하고 청소도 좋아하고 재봉 스킬까지 갖춘 고스펙의 여동생이었다.

"오빠가 아플 땐 이 차림으로 좌약을 넣어줄게."

"그냥 먹는 걸로 하면 안 될까?"

좌약은 어릴 때 엄마가 넣어준 이후 사용한 기억이 없었다.

"그것보다 미즈하, 오늘 좀 들뜬 거 아니야"

"그럴지도. 오늘부터 자연체험학습이 있잖아."

"아아……."

무의식적으로 바라본 책상 옆에는 적당히 부푼 배낭이 놓여 있었다.

어젯밤에 케이키가 이것저것 채워 준비한 것이었다.

"이제 슬슬 진짜 준비해야 할 것 같아. 아침은 다 됐으니까 세수하고 내려와."

"오케이. 미즈하도 그 옷 갈아입고 와."

"네—에."

의상을 보여주고 만족한 것인지 순순히 대답을 한 미즈하가 방을 나섰다.

그 모습을 배웅한 후 케이키는 다시 배낭으로 시선을 돌렸다.

"자연체험학습이라……."

자연체험학습은 스쿨 라이프의 단골 이벤트였다.

2학년 한정 행사라 여동생인 미즈하와 같은 반의 마오, 학생회 부회장인 아야노와 함께 참가하게 되었다―.

"아무 일도 없었으면 좋겠는데……."

입으로 흘러나오는 건 절실한 바람.

그런 말을 중얼거리면서도 지금까지의 경험으로 볼 때 아무 일도 없을 리가 없다는 걸 케이키는 마지못해 예감하고 있었다.

아마도 그녀들은 이 합숙에서 어떠한 액션을 취할 것이다.

부녀자에 노출광, 냄새 페티시스트가 같은 장소에 모이는 것 아닌가.

이 상황에선 아무 일도 없는 게 더 이상했다.

일단 틀림없이 그녀들은 케이키를 노릴 것이다.

"뭐, 나도 언제까지나 당하기만 할 생각은 없지만."

확실히 변태 소녀들은 성가셨다.

하지만 케이키도 아무 저항 없이 변태들에게 무릎을 꿇을 생각은 없었다.

"이 이벤트 중에 동결됐던 『탈 변태 계획』을 진행시켜보는 거야!"

요즘 일이 너무 많아 어쩔 수 없이 중단했던, 변태 소녀들을 갱생시켜 참인간으로 만드는 계획.

그 비원을 달성하기에 자연체험학습은 다시 없을 기회였다.

장밋빛 청춘을 보내기 위해서라도 이 기회를 놓칠 수는 없었다.

산간 지역에 있는 숙박시설을 향해 아침 도로를 유유히 달리는 버스 안.

사복 차림의 같은 반 친구들이 잡담에 꽃을 피우는 와중에 왼쪽 뒷좌석에 자리를 잡은 케이키와 쇼마, 두 사람도 대화를 나누고 있었다.

"점점 건물이 사라지고 있어."

"슬슬 목적지가 가까워진 걸지도 몰라."

버스가 학교를 출발한 지 약 1시간.

창밖은 익숙한 거리 풍경에서 한가로운 시골 풍경으로 바뀌어 있었다.

이미 산으로 들어선 것인지. 창밖에는 나무들이 우거져 있었고 때때로 수확을 끝낸 들과 밭, 논이 얼굴을 내미는 그런 길이 이어졌다.

쇼마가 말한 대로 목적지가 가까워진 걸지도 모르겠다.

"마을과 떨어진 장소에서 2박 3일이라. 나쁘지 않은 상황이네."

"무슨 말이야?"

"좋은 기회니까 이번 합숙 중에 『탈 변태 계획』을 진행할 생각이야."

"아아, 그 계획이 아직 계속되고 있었구나."

쇼마가 잊어버린 것도 무리는 아니었다.

변태에서 벗어난다고 쓰고『탈 변태 계획』.

키류 케이키가 멋진 여성과 맺어져 눈부신 청춘을 구가하기 위해, 방해가 되는 변태 소녀들을 참인간으로 갱생시키려고 발족한 일대 프로젝트였다.

문자 그대로 변태에서 벗어나는 걸 목적으로 한 계획이었지만 그 달성률은 아직 제로 퍼센트.

계획을 선언한 이후 단 한 사람도 갱생시키지 못했다.

"오늘 꿈에 후지모토가 나왔어."

"후지모토가?"

"그래, 뭔가 많은 일이 생긴 뒤에 팬티까지 얼굴에 뒤집어쓸 뻔했어."

"그건 꽤나 폭력적인 전개네."

"하마터면 변태 가면이 될 뻔했다니까. 하지만 생각해보면 현실에서도 평범하게 일어날 만한 이야기잖아."

"뭐? 그런 게 평범하게 일어날 만한 일이야?"

변태를 상대로 상식은 통용되지 않았다.

남자의 입에 자신의 팬티를 쑤셔 넣는 후배가 있을 정도였으니.

얼굴에 속옷을 뒤집어씌우는 동급생이 있다고 해도 이상하지 않았다.

농담 같지만 변태 소녀에게 걸리면 절대로 불가능한 이야기는 아니었다.

"지금까지는 서예부 부원들을 어떻게든 하면 될 줄 알았는데 후지모토도 아예 관계가 없는 건 아니니까. 그 애는 아직 내 팬티를 노리고 있는 것 같고……."

여장이 취미인 린타로나 백합을 좋아하는 아이리는 둘째 치고 냄새 페티시스트인 아야노는 케이키의 연애에 방해가 될 가능성이 있었다.

"서예부 멤버들만으로도 애를 먹고 있는데 학생회 임원까지 갱생시키게 될 줄이야……."

"꽤나 과중한 노동이구나."

게다가 최근 학생회장인 타카사키 시호에게 NTR 취미가 있다는 게 드러났다.

시호와의 약속대로 쇼마를 포함한 누구에게도 비밀을 말하진 않았지만 그녀가 앞으로 어떤 행동을 취할지도 신경 쓰였다.

변태 소녀와 관련된 문제는 산더미 같았다.

"그렇다고 포기하면 거기서 시합 종료니까."

"그래서 작전 플랜은 생각해봤어?"

"아니, 그게 전혀."

"뭐? 전혀?"

"그래, 솔직히 말해서 노 플랜에 포기 상태야. 녀석들은 훈련된 변태들이니까. 솔직히 어떻게 공략해야 쓰러뜨릴 수 있을지 짐작도 안 가."

"뭔가 숙련된 전사 같네."

"그러니까 작전을 같이 생각해줘."

"그렇게 말해봤자 바로 생각이 안 떠오르는데."

"뭐, 그렇겠지."

지금까지도 여러 가질 시험해봤지만 소용없었다.

쉽게 묘안이 생각난다면 고생할 일도 없겠지.

모든 변태를 치료하려면 상식에 사로잡히지 않은 과감한 방법이 필요했다.

그런 생각을 하면서 케이키는 아까부터 신경 쓰였던 걸 물었다.

"그러고 보니 쇼마, 유우히 누나 말인데."

"유우 누나가 왜?"

"아니, 별건 아닌데. 잘 지내고 있는지 궁금해서."

"응? 뭐, 글쎄…… 여전히 아사 누나랑 같이 나한테 달라붙어서 민폐일 정도로 잘 지내는데…… 그건 왜?"

"아니, 그럼 됐어."

그 말을 듣고 휴우 가슴을 쓸어내렸다.

(다행이다. 유우히 누나, 잘 지내는 것 같네.)

축제 때 실연당한 유우히였지만 최근 들어 마음에 드는 상대가 생긴 듯했고 케이키는 그 사랑이 결실을 맺을 수 있게 그녀의 이야기를 들어주고 있었다.

그 과정에서 경험이 풍부하다고 자칭했던 유우히 누나가 실은 처녀였다는 사실이 판명되었지만 그건 어쨌든.

최종적으로 상대 남자에겐 아무래도 좋아하는 여자가 있는 듯, 유우히 본인에게서 다시 실연했다는 연락을 받았다.

전화로는 '응원해줬는데 미안'이라고 웃으며 이야기했지만 계속된 실연으로 침통해하는 건 아닌지 걱정이 되었다.

(유우히 누나를 차다니, 그 녀석도 정말 보는 눈이 없구나.)

연애 상담을 들어주는 동안 알게 된 유우히 누나는 왠지 미워할 수 없는 귀여운 사람이었다.

마음속 상대는 케이키와 비슷한 나이인 것 같던데 정말 죄 많은 남자였다.

"그리고 쇼마, 미인 누나들이 너에게 달라붙는 건 일반적으로 생각하면 포상이야."

"누나가 아니라 초등학생 동생이었으면 언제든 웰컴일 텐데."

"안 되겠어, 이 녀석, 로리콘 능력이 더 향상됐어."

그런 로리콘인 아키야마 쇼마는 청바지 주머니에서 스마트폰을 꺼내 들어 사랑스러운 연인의 사진을 화면에 띄웠다.

전날 사랑싸움 때 미즈하의 방에서 찍은 코하루의 수영복 사진이었다.

자애로운 눈동자로 그녀의 사진을 바라보며 그는 '하

아……' 하고 한숨을 내쉬었다.

"체험학습은 기대되지만 3일이나 코하루를 못 만나는 건 쓸쓸해."

"아직 자연체험학습 시작하지도 않았는데."

지금부터 이런 분위기라니, 걱정이었다.

쇼마의 경우, 정말 『코하루 결핍증』이 생길 것 같아서 무서웠다.

"하지만 뭐, 화해한 것 같아서 안심이야."

"아하하, 내가 초등학생에게 눈을 돌린 탓에 큰 사건이 일어났었지."

"그건 진심으로 반성하도록 해."

"그건 그렇고 코하루 정말 귀엽지 않아……? 지금 당장 끌어안고 마음껏 쓰담쓰담하고 싶어."

"그런 망상은 혼자 있을 때나 해. 극혐이니까."

수영복 차림의 로리 사진을 바라보면서 '하아하아'거리는 변태 신사에게서 무의식적으로 떨어졌다.

친구만 아니었으면 신고할 레벨이었다.

"……응? 극혐?"

자신의 입으로 내뱉은 말이 왠지 마음에 걸렸다.

그와 동시에 케이키의 뇌리에 한 가지 아이디어가 떠올랐다.

"그래……그런 방법이 있었어……."

"응? 뭐가?"

"좋은 생각이 떠올랐어. 모두를 갱생시키기 위한 새로운 작전이."

"오오, 그건 꼭 들어보고 싶은데."

쇼마의 흥미를 불러일으킨 듯해서 그 묘안을 밝혔다.

"요컨대 나도 변태가 되면 되는 거야."

"……"

그 순간, 어이가 없는 듯 친구가 말을 잃었다.

그리고 진심으로 위로하는 시선을 보냈다.

"케이키…… 여자를 펫으로 삼거나 발로 밟으면서 기뻐하는 건 좀……."

"아니야. 그건 진짜 오해니까 그런 시선 보내지 마."

로리콘의 차가운 시선이 따가웠다.

오해를 풀기 위해 순서대로 설명하기로 했다.

"변태가 된다고 해도 물론 연기야. 굳이 내가 모두와 같은 취미기호의 변태가 되는 거지."

"무슨 뜻이야?"

"예를 들면 내가 체취를 목적으로 여자에게 팬티를 벗으라고 강요하면 어떨 것 같아?"

"온 힘을 다해 경멸하겠지…… 잠깐, 그런 뜻이었어?!"

"아무래도 눈치챈 것 같네."

그래, 이건 그렇게 어려운 이야기는 아니었다.

평소 케이키가 체험하고 있는 변태 사건을 가해자인 여자 애들에게 맛보게 해주는 것뿐.

"내가 모두에게 변태 행위를 반복하면 상대는 정색하겠지. 그러면서 지금까지 자신들의 행동을 되돌아보며 반성할 거야. 잘 되면 갱생으로도 이어질지 몰라."

요컨대 반면교사와 같은 방법이었다.

(전에 날 구속하려 했던 유이카를 같은 요령으로 반성하게 만든 일이 있으니까. 이 작전은 다른 변태 소녀들에게도 유효할 거야.)

그녀들은 변태 행위를 하는 데에는 익숙해져 있어도 당하는 데에는 익숙하지 않을 것이다.

성희롱을 당하는 쪽의 마음을 맛보게 해주고 지금까지의 행위를 반성하게 만들어 변태로부터 벗어나게 만든다는 완벽한 작전이었다.

"이에는 이, 변태에게는 변태— 이름하야 『반면교사 작전』이지!"

"필사의 작전이지만 효과는 기대할 수 있을지도 모르겠다."

"후후후. 그렇지? 그렇지?"

"하지만 변태라는 게 되려 한다고 쉽게 될 수 있는 거야?"

"그건 문제없어. 결국 평소의 모두를 흉내 내면 되는 것뿐이니까."

그냥 폼으로 몇 번이나 변태 피해를 당하고 있었던 것이 아니었다.

　그녀들의 행동 패턴은 대충 이해하고 있었다.

　모방하는 건 어렵지 않겠지.

　"큭큭큭. 자연체험학습이 기대되는데."

　"얼굴만 보면 완전히 악역인데."

　케이키가 주인공답지 않은 사악한 미소를 띤 몇 분 후, 2학년 B반 학생들을 태운 버스는 무사히 목적지인 숙박 시설에 도착했다.

　자연체험학습이라는 이름 그대로 합숙 시설은 산속에 위치한 대형 여관이었다.

　숲속에 우뚝 솟은 4층짜리 건물은 아직 새것 같았다.

　이 근처는 여름철이 되면 산림욕이나 캠핑 장소로서도 인기가 있는 듯했지만 역시 11월 끝자락인 이 시기에는 손님들의 발길도 멀어지는 듯 자연체험학습 합숙소로 전체를 대절해서 제공해주고 있는 듯했다.

　버스에서 내려 트렁크에 넣어뒀던 배낭을 받아든 케이키와 쇼마는 바로 짐을 당분간 그들의 근거지가 될 숙소로 옮겼다.

　"다다미방은 운치가 있어서 좋아."

　"그러네."

　케이키와 쇼마의 방은 2층에 있는 8장의 다다미가 놓인 다다미방이었다.

평소에는 침대에서 자기 때문에 가끔은 이불 위도 나쁘지 않았다.

"그건 그렇고 운이 좋았어. 한 방을 둘이서 쓸 수 있다니."

"그러게. 인원이 많은 것보다 마음도 편하고."

숙소 채류 중에는 이곳에서 쇼마와 둘이 머물게 되었다.

원래는 4명이 한방을 써야 하지만 B반 남자들의 인원수 관계로 케이키와 쇼마만 둘이 쓰게 된 것이다.

참고로 3층부터는 여학생들의 방이 자리하고 있기 때문에 물론 남학생들은 출입금지였다.

"안 그래도 케이키는 하렘 의혹 때문에 남자애들로부터 눈엣가시가 되고 있으니까."

"그 의혹은 전혀 사실무근인데."

키류 케이키는 미소녀천지인 서예부의 유일한 남학생이었다.

그런 부러운 환경에, 소속된 여학생 전원과 사이가 좋아 케이키에겐 멋대로 『서예부 하렘왕』이라는 이름이 따라다녔다.

실제로 하렘은커녕 변태들의 소굴이지만, 여자 부원들의 성벽을 모르는 녀석들에게는 관계없는 이야기였고 케이키에 대한 질투의 시선은 아직도 지워지지 않은 상태였다.

"가끔 하렘을 만드는 요령 같은 걸 물어보는데 그런 게 있으면 내가 배우고 싶다, 정말."

"그건 나도 흥미가 있는데. 로리 하렘을 만드는 방법이 있다면 꼭 알고 싶어."

"코하루 선배한테 이른다."

"아하하, 농담이야."

"쇼마가 말하면 농담처럼 안 들려."

초등학생에게 눈길을 준 전과도 있어서 방심할 수가 없었다.

"짐도 다 내려놨고, 좀 쉬다가 밖으로 나가야겠다."

"아아, 점심때 카레를 만들기로 했지?"

가방에서 꺼낸 자연체험학습 안내서에 따르면 짐을 옮기고 잠시 휴식 시간을 가진 후 조별로 나누어 카레를 만들기로 되어 있었다.

"이 추위에 밖에서 조리 실습이라니, 대체 누가 생각한 걸까?"

"뭐, 카레 만들기는 체험학습의 정석이니까."

벽장에서 꺼낸 방석에 앉아 케이키가 안내서를 바라보고 있는데 똑똑 하고 누군가가 문을 두드렸다.

"응? 누구지?"

"쇼마, 좀 나가봐."

"그래, 그래."

쓴웃음을 지으며 쇼마가 손님을 맞이하러 갔다.

짧은 복도 끝에 있는 문을 열고 누군가와 뭔가 이야기를 나눈 그는 바로 돌아왔다.

"케이키, 손님 왔어."

"나한테?"

안내서를 보다 고개를 들어보니 그곳에 서 있는 건 케이키도 잘 아는 인물이었다—.

"후지모토?"

"시, 실례 좀 할게……."

방으로 들어온 건 후지모토 아야노였다.

테님 반바지에 검은 타이즈를 매치하고 따뜻해 보이는 파카를 걸친 그녀가 왠지 긴장한 모습으로 꾸벅 고개를 숙였다.

"대체 무슨 일이야?"

"아, 저기, 그게……."

케이키의 질문에 아야노가 안절부절못하며 쇼마를 바라보았다.

"그럼 난 먼저 밖에 나가 있을게."

"그래, 알았어."

순식간에 분위기를 파악한 쇼마가 방을 나갔다.

그런 그를 배웅한 후 아야노에게 말을 걸었다.

"일단 앉지?"

"……응."

고개를 끄덕거리며 아야노가 정면에 놓인 방석에 정좌했다.

서로 자리에 앉았을 때 다시 한번 말을 꺼냈다.

"그래서, 오늘은 무슨 일로 온 거야?"

"실은, 키류에게 할 말이 있어서……."

"할 말?"

"응, 굉장히 중요한 일이야."

"흐음, 중요한 일이라고?"

그 순간 케이키는 직감했다.

(이건 십중팔구 나의 팬티를 노리는 패턴이야!)

날카로워진 제 육감이 틀림없다고 말하고 있었다.

할 말이라는 건 트렁크 팬츠를 건네라거나 그런 류의 이야기겠지.

역시 더 이상 수면제를 타는 일은 없겠지만 아야노가 호시탐탐 케이키의 팬티를 노리고 있다는 건 틀림없었다.

그녀는 남자의 체취에 흥분하는 냄새 페티시스트였다.

이번 자연체험학습 이벤트에서 염원하던 사용한 팬티를 손에 넣을 생각이겠지.

(하지만 이 상황은 오히려 기회일지도 몰라.)

케이키와 아야노는 반이 달랐다.

합숙 중에 A반인 그녀와 단둘이 있을 수 있는 기회는 아주 적을 것이다.

계획 중인 작전을 어떻게 실행에 옮길지 고민하고 있었는데 상대가 먼저 와준 것은 행운이었다.

(좋아—, 상대가 그럴 생각이라면 냄새를 맡게 하기 전에 내가 맡아주겠어! 이성이 자신의 체취를 맡는 게 얼마나 부끄러운 일인지 깨닫게 해주지!)

여기선 먼저 나서는 자가 승리하는 자.

그리하여 아야노가 팬티를 요구하기 전에 먼저 적극적으로 나서기로 했다.

"후지모토!"

"응? ……아, 왜?"

"후지모토의 이야기를 듣기 전에 부탁이 있는데."

"부탁?"

"나에게 후지모토의 팬티를 주지 않을래?"

"……뭐어?"

순간 아야노가 한 번도 본 적 없는 얼굴을 했다.

너무 뜻밖의 변태 발언에 멍해진 그녀는 겨우 말의 의미를 이해한 후 삶은 문어처럼 얼굴을 붉혔다.

"뭐어어?! 패, 팬티?! 왜?!"

드물게 큰 소리를 내며 당황한 듯 부산을 떠는 부회장.

갑자기 남자가 팬티를 요구했으니 당연한 반응이겠지.

하지만 여기서 공격 태세를 늦출 순 없었다.

타깃이 당황하고 있는 지금이 기회.

변태로 변모한 케이키는 더욱더 다그쳤다.

"후지모토의 팬티 냄새를 맡고 싶어!"

"으윽?!"

당당하게 내뱉은 최악의 대사에 아야노가 놀라 숨죽였다.

예상대로 『반면교사 작전』의 효과는 발군이었다.

변태 소녀들은 성희롱을 하는 데에는 익숙해져 있어도 당하는 데에는 익숙하지 않았다.

남녀가 바뀐 것뿐인데, 팬티를 달라는 대사가 이렇게까지 범죄적으로 들릴 줄은 몰랐지만 결과만 좋다면 그걸로 충분했다.

누군가가 본다면 신고할 조건일 거라고 내심 두근거리며 교섭을 이어나갔다.

"안 될까?"

"그, 그런 말을…… 갑자기 해도…….."

"난 제법 자주 후지모토에게 그런 말을 들었는데?"

"그렇긴 하지만…….."

"뭣하면 내 팬티랑 교환해도 좋아."

"뭐?!"

"전에 말했잖아. 서로 팬티를 트레이드해도 된다고."

"그, 그렇게 말하긴 했지만…….."

"했지만?"

"냄새를 확인받는 건, 그……건 좀 부끄러워서…….."

"……."

이때, 케이키는 생각했다.

그건 내가 할 말이라고.

갑자기 끌어안질 않나, 가슴에 얼굴을 묻질 않나, 이성이 자신의 체취를 맡는 건 보통 부끄러운 일이었다.

"즉, 나의 요구에는 응할 수 없다는 뜻이야?"

"(끄덕끄덕)"

"어쩔 수 없지. 그렇게까지 말한다면 팬티는 포기할게."

"……휴우."

"팬티를 거부한다면 직접 냄새를 맡으면 돼."

"……뭐?"

그래, 지금 케이키는 냄새 페티시스트인 변태였다.

팬티의 양도를 거절당한 것 정도로 진성 변태는 멈추지 않는다.

여자의 체취를 원하며 자리에서 일어나 아야노 앞으로 이동한 케이키는 상황 파악을 못한 채 허둥대는 그녀를 정면으로 끌어안았다.

"키, 키류?!"

"킁킁"

"~~읏?!"

곧장 그녀의 목덜미에서 킁킁거리자 아야노가 소리라고도 할 수 없는 비명을 질렀다.

구속으로부터 벗어나려 필사적으로 버둥거렸지만 체격이 다른 남자의 힘에는 이기지 못했고 자신의 냄새를 계속 제공할 수밖에 없었다.

"후지모토, 엄청 좋은 냄새가 나."

"그, 그런 말 하지 마……히익?!"

코끝이 피부에 닿을 때마다 간지러운 듯 몸을 비트는 아야노.

그런 이성의 모습이 가학심을 자극함과 동시에 불안하기도 했다.

(나, 경찰서에 잡혀가진 않겠지?)

역시 죄책감에 괴로웠지만 이것도 평소 케이키가 그녀들에게 당하는 일이었다.

아야노가 날 끌어안고 냄새를 맡은 게 한두 번이 아니었다.

아니, 여기까지 해놓고 이제 와서 뒤로 물러날 순 없었고 어차피 이대로 돌진하는 것 말고 다른 선택지는 없었다.

그렇기에 좀 더 미소녀의 냄새를 만끽하기로 했다.

"후하하하하하! 이거, 순조롭게 충전이 되는데에에에에!!"

"키, 키류…… 그…… 그만……."

기분 좋게 변태를 연기하는 케이키.

그에 반해 아야노는 숨이 곧 끊어질 것 같았다.

살짝 땀이 난 목덜미가 왠지 섹시했고 마치 음란한 짓을 하고 있는 것 같아 흥분하고 말았다.

(새빨개진 후지모토, 엄청 귀여워…….)

얼굴을 붉게 물들이며 부끄러워하는 모습은 꽤나 흥분되는 모습이라 S 속성은 없는 케이키도 묘하게 두근거렸다.

솔직히 최악의 짓을 저지르고 있다는 자각은 있었다.

약간 아야노가 불쌍해졌지만 가차 없었다.

이 행위에 질려버려서 케이키의 팬티를 포기해줄 때까지 밀어붙이는 게 계획이었다.

그걸 위해서라도—.

"평소에 대한 복수로 오늘은 마음껏 냄새를 킁킁 맡아야겠어!"

"아앗, 그건?!"

확실하게 승리를 굳히기 위해 코를 박고 목덜미부터 집요하게 냄새를 킁킁 맡았다.

이미 완벽하게 아웃인 화면이었지만 그런 건 아무래도 좋았다.

(후하하하하하! 자, 변태 냄새 페티시스트로 변한 날 보고 정색해! 그리고, 자신이 얼마나 변태였는지 깨닫고 지금까지의 행동을 뉘우치는 거야!)

작전도 종반으로 달려가고 있었고 미스터 키류의 텐션도 최고조.

이 이상 더 할 수 없을 만큼 흥이 올랐을 때—.

"……너, 뭐 하는 거야?"

"응?"

아야노의 것이 아닌 여자의 목소리가 들렸다.

고개를 돌린 케이키의 눈에 비친 건 한 갈래로 묶은 인상적인 밤색 머리칼이었다.

청바지에 흰색 니트로 활동성을 중시한 차림에 이제껏 없을 정도로 차가운 눈을 한 난죠 마오가 그곳에 있었다.

"그러니까…… 어, 어떻게 난죠가 여기?"

"그야 당연히 키류랑 아키야마가 몰래 불장난이라도 하지 않을지 보러 온 거지."

"완전 민폐거든?! 누가 남자 따위랑 불장난을 한다는 거야?!"

"그런 것 같네. 아키야마는 뒷전이고 부회장이랑 불장난을 하고 있는 것 같으니까."

"으아아아아앗?!"

마오의 지적에 당황해 아야노를 놓아주었다.

겨우 변태의 마수에서 벗어난 아야노가 그 자리에 털썩 주저앉았고 뺨을 붉힌 채 '하으……' 하고 괴로운 듯한 소리를 흘렸다.

그런 피해자의 모습에 마오의 시선이 더욱 차가워졌다.

"여자의 냄새를 킁킁 맡다니…… 그래…… 키류에게 그런 취미가……."

"아니거든요?!"

"뭐가 아니라는 거야? 이 상황에선 발뺌할 수 없을 것 같은데?"

"확실히 상황 증거는 다 갖춰져 있지만!"

난죠는 케이키가 집요하게 아야노의 냄새를 킁킁 맡고 있는 현장을 목격했다.

어떤 사정이 있든 냄새를 맡고 있었다는 사실은 변하지 않았다.

여기서 오해를 푸는 건 상당히 난이도 높은 미션이었다.

"⋯⋯그런 걸 좋아한다고 했으면 나도⋯⋯."

"응? 뭐라고?"

"이제 됐어! 키류, 이제 나도 몰라!"

거칠게 말하며 마오가 등을 돌렸다.

달려 나가려는 그녀를 향해 케이키가 순간적으로 손을 뻗었다.

"저기, 잠깐만 기다려, 난죠!"

"가까이 오지 마, 이 변태!"

"변태?!"

딱 잘라 말한 밤색 머리칼의 동급생은 방을 나가버렸다.

그녀가 뱉어버린 매도의 말이 가슴을 찔렀고, 케이키는 그 이상 쫓아가지 못한 채 아야노처럼 그 자리에 무릎부터 주저앉았다.

"변태라고 했어…… 난죠가 변태라고 했어……."

싫어하는 여자의 체취를 억지로 맡다니, 이미 완벽한 변태였다.

완벽하게 변태로 변신하겠다고는 했지만 이렇게까지 직설적인 말을 들으니 충격이 컸다.

여자에게 변태 취급 받는 게 이렇게나 괴로울 줄은 몰랐다.

그리고 이 타이밍에 부활한 아야노가 자리에서 일어났다.

"나, 나도 그만 가볼게."

"앗, 후지모토?!"

아직 붉은 빛이 감도는 얼굴로 말하며 흐트러진 옷을 정돈하며 도망치듯 방을 나가버렸다.

두 사람이 나간 문을 바라보면서 케이키는 멍하니 중얼거렸다.

"……왜 이렇게 된 거지?"

결국 그녀들에게는 아무런 변명도 하지 못했다.

아야노 입장에선 밀실에서 갑자기 남자에게 습격당한 것일 거고, 마오의 눈에는 여자의 냄새를 만끽하는 변태 녀석으로 비쳤겠지.

그 결과, 마오의 화를 샀고 아야노는 도망치고 말았다.

지금까지 쌓아올린 신용을 한순간에 잃어버렸다.

"……나도 카레나 만들러 갈까?"

실제로 지금은 한시라도 빨리 그녀들의 오해를 풀어야

했다.

그건 알고 있었지만, 변태로 인정받은 사실을 받아들이지 못하고 일단 카레로 현실도피를 하려고 했다.

그동안 두 사람의 분노가 조금이나마 가라앉기를 기대하며.

숙소에서 좀 떨어진 곳에 있는 캠프장, 그 취사 공간.

그곳에서는 같은 2학년 학생들이 각 반, 각 조로 나뉘어 오늘 점심이 될 카레를 한창 만들고 있었다.

"모두 즐거워 보이네. 꽤 추운데."

"그러게."

와자지껄 떠들면서 재료를 자르고 쌀을 씻고 있는 동급생들을 곁눈질하면서 케이키와 쇼마 두 사람은 불 위에 올린 냄비 앞에 주저앉아 그 모습을 지켜보고 있었다.

산속이라 당연히 거리에 비해선 기온이 낮았다.

다른 동급생들도 모두 따뜻해 보이는 옷을 착용하고 있었고 치마를 입고 있는 여학생들도 타이즈 등을 함께 신어 맨다리를 드러낸 강자는 없었다.

쇼마도 케이키와 비슷하게 활동성이 중시된 차림이었지만 그래도 그럴듯해 보이는 게 꽃미남은 치사했다.

그런 생각을 하고 있을 때였다.

"안녕~. 제6조 남학생들, 수고가 많아요."

옆에서 말을 걸어온 건 풍성한 긴 머리가 인상적인 여자아이.

"아아, 오니즈카. 안녕~."

니트 카디건에 치마 차림인 그녀의 풀 네임은 오니즈카 메구미이며 같은 2학년 B반 동급생으로 이번 이벤트에서 같은 조가 된 여자아이였다.

B반 6조 멤버는 케이키와 쇼마, 마오와 메구미 4명.

평소에도 같이 다니는 3인조에 메구미가 포함된 4명의 조 구성이었다.

2학년 치고는 좀 체구가 작은 메구미가 방긋 상냥한 미소를 띄우며 말했다.

"무료해져서 이쪽 상황을 보러 왔어요."

"그렇구나. 하지만 우리도 냄비 앞에서 대기하는 것뿐인데."

"오히려 요리를 여자들한테 다 맡긴 것 같아 미안하게 생각해."

"아하하. 뭐, 나도 난죠의 요리 스킬이 너무 좋아서 할 일이 없어진 것뿐이지만. 정말 굉장해요, 난죠는. 내가 도와주는 것보다 혼자 하는 게 작업이 더 빠르다니까요."

"그건 확실히 굉장하네."

"난죠는 저렇게 보여도 가정적이니까."

싱글 맘과 함께 사는 가정환경 때문에 단련돼서 웬만한

집안일은 다 할 수 있다고 이전에 본인이 알려줬었다.

사실, 축제에서 만들어준 오므라이스도 일품이었다.

마오에게 맡겨두면 6조 카레는 안심이겠지.

케이키가 아직 못 본 카레에 기대를 하고 있는데 옆에 서 있던 메구미가 빤히 케이키의 얼굴을 들여다봤다.

"저기—있잖아요—, 키류?"

"응?"

"신경이 좀 쓰여서 그러는데 난죠랑 무슨 일 있었어요?"

"아……."

"그건 나도 신경 쓰였어. 마오가 노골적으로 케이키를 피했으니까."

메구미의 지적에 쇼마도 동의했다.

카레 만들기가 시작된 이후 이쪽, 케이키와 마오 사이에 흐르는 미묘한 분위기를 두 사람은 느끼고 있었던 모양이다.

"뭐, 조금……."

이렇게 되면 변명도 어렵기 때문에 적당히 얼버무리며 조리대 쪽으로 시선을 옮겼다.

그곳에서는 무뚝뚝한 얼굴의 마오가 냄비에 감자를 투입하고 있었고 이쪽과 눈이 마주치자 '흥' 하고 노골적으로 얼굴을 피했다.

자초지종을 지켜보고 있던 메구미가 히죽거리는 얼굴로 한 마디.

"이건 그거네. 분명 사랑싸움."

"아니거든. 애초에 나랑 난죠는 그런 관계가 아니야."

"그래요? 사이 좋아 보이는데 의외네요……."

정말 의외인 듯 메구미가 눈을 깜빡거렸다.

다소 사이가 좋은 것 만으로 커플이 성립한다면 이 세상은 커플천지겠지.

케이키가 그렇게 생각하는 것처럼 마오도 케이키를 단순한 남사친으로밖에 생각하지 않을 것이다.

"어쨌든 난죠랑은 좀 오해가 있었던 것뿐이니까 걱정하지 마."

"흐─음? 뭐, 그럼 다행이지만……모처럼 체험학습도 왔는데 빨리 화해하는 게 좋아요."

"그렇게 할게."

말은 그렇게 했지만 마오와 화해하는 건 좀 힘들 것 같았다.

이야기는커녕 눈도 마주쳐주지 않았으니까.

게다가 문제는 마오뿐만이 아니었다.

(아까, 후지모토도 노골적으로 날 피했어…….)

방금 밖에서 아야노를 만나 말을 걸려고 했더니 전력질주로 도망가 버렸다.

뭐, 갑자기 남자에게 끌어안긴 데다 냄새까지 킁킁 맡았으니까 당연한 반응이겠지.

사정을 설명하지 않는 한 변태라는 꼬리표는 지워지지 않을 것이다.

얄궂게도 그녀들을 정색하게 만든다는 작전 자체는 성공한 것 같은데…….

그렇게 조리 시작 시간으로부터 한 시간 후.

남자들이 담당한 밥은 무사히 지어졌고 마오가 거의 혼자 요리한 카레도 완성되었다.

지붕이 있는 식사 공간으로 이동해 6조 조원 4명은 같은 테이블에 둘러앉았다.

케이키 옆에 쇼마, 맞은편에 메구미, 그녀 옆에 마오가 순서대로 앉았다.

"와아―, 맛있겠다!"

앞에 놓인 카레의 완성도에 메구미가 눈을 반짝였고,

"마오, 정말 요리를 잘하는구나."

쇼마가 마오의 일을 칭찬하자,

"그렇지도 않은데. 카레는 쉬우니까."

당사자인 난죠 셰프는 쌀쌀맞게 대답했다.

기분이 나쁜 게 아니라 기본적으로 마오는 누구에게나 이런 느낌이었다.

쇼마는 물론 같은 반인 메구미도 그 정도는 이해하고 있었기 때문에 특별히 신경 쓰지 않고 대화를 이어나갔다.

그런 멤버들 속에서 단 한 명, 입을 열지 않는 인물이 있었다.

"……."

얌전한 표정으로 계속 입을 다물고 있는 건 키류 케이키, 그 사람이었다.

원인은 눈앞에 놓인 카레.

케이키의 카레는 오늘의 셰프인 마오가 담은 것이었는데 그 카레에는 무시할 수 없는 커다란 문제가 있었다.

"저기…… 난죠? 내 카레는 엄청 빨간데."

그렇다, 그 카레는 다른 조원들의 그것과는 분명히 구별되는 것이었다.

솔직하게 말해서 빨갰다.

빨갛다는 말 이외에 형용할 수 있는 말이 없을 정도로 빨갰다.

누가 봐도 '이 카레는 위험해'라는 위기감을 품은 레벨이었다.

무시무시한 색감에 정색하는 케이키를 향해 마오가 새침한 어조로 답했다.

"키류 것만 특별히 아주 매운맛으로 만들었어."

"아주 매운맛이라……."

다시 접시를 내려다보며 그 선명하고 강렬한 붉은빛에 꿀꺽 침을 삼켰다.

"우와, 진짜다. 키류의 카레는 지옥 같은 색을 하고 있어요."

"이건 먹으려면 용기가 필요하겠는데……."

메구미와 쇼마 두 사람도 아주 매운맛 카레의 비주얼에 정색하고 있었다.

"난 매운 건 별로 안 좋아하는데……."

"내 카레를 못 먹겠다는 거야?"

"그게 아니라…… 자, 잘 먹겠습니다……."

나온 음식은 남기지 않고 먹는 게 키류 가의 가훈이었다.

그건 아주 매운맛 카레도 예외는 아니었다.

떨리는 손으로 스푼을 들고 카레를 섞은 밥을 떠 올린 후 결심하고 입안으로 넣었다.

"우물우물…… 매, 매워어어어어어어어어!!"

뭐랄까, 정말 겉모습 그대로의 맛이었다.

입안에 넣은 순간 퍼지는 폭력적인 자극은 맵다기보다 이미 아팠다.

이건 더 이상 인간의 음식은 아닌 것 같았다.

한 입 먹고 숟가락을 놓은 케이키에게 메구미와 쇼마가 상냥하게 말을 걸었다.

"괜찮아요. 뒷일은 우리가 깔끔하게 처리해줄 테니까."

"짧은 기간이었지만 케이키와 함께할 수 있어서 즐거웠어."

"응? 내 인생은 여기까지야?"

사인이 마지막 만찬이라니, 이게 무슨 농담?

다만 이걸 남기면 마오의 분노 게이지가 더더욱 증폭될 우려가 있었다.

"……크으, 이제 될 대로 되라!"

맛이 어떻든 카레와 재료에 죄는 없었다.

남기면 용서 못 한다는 분위기 속에서, 다른 세 사람이 평범한 카레에 입맛을 다시는 모습을 곁눈질하며 케이키는 결사의 각오로 아주 매운맛 카레를 계속 입에 넣었다.

"……어라? 맵긴 하지만 익숙해지니까 의외로 괜찮은데?"

몸이 매운맛에 익숙해진 것일까, 아니면 미각이 망가진 것일까.

차츰 숟가락을 멈추지 않게 되었다.

처음에는 입이 타는 줄 알았지만 서서히 매운맛 속에 숨은 감칠맛 같은 것을 느끼게 되어 후반에는 정신없이 먹고 말았다.

"잘 먹었습니다……."

땀투성이가 된 채 마지막 한 입을 먹고 숟가락을 놓았다.

"간신히 다 먹긴 했는데…… 으윽…… 입에서 불이 날 것 같아……."

"괜찮아요? 물 마실래요?"

"고마워, 오니즈카."

메구미에게서 물을 든 컵을 받아 단숨에 마셔버렸다.

하지만 거친 아주 매운맛의 풍미를 지우지는 못했고 얼얼한 자극이 끊임없이 구강 안을 능욕하고 있었다.

"……안 돼. 물 정도로는 도저히 매운맛으로부터 도망칠 수 없어."

"어라라, 그거참 힘들겠어요."

어쩔 도리가 없었다.

별수 없이 주스라도 사러 가려고 자리에서 일어났다.

"잠깐 숙소로 돌아가서 음료수 좀 사 올게. 지갑이 방에 있어서 시간이 좀 걸릴지도 몰라."

"오케이. 케이키 그릇은 내가 정리해둘게."

"고마워."

배려에 감사를 표하며 그 자리를 떠나는 케이키.

그런 친구의 뒷모습을 배웅한 쇼마가 시선을 정면으로 돌렸다.

그곳에 앉아 있는 건 뚱한 얼굴의 마오였다.

"일부러 아주 매운맛 카레를 준비하다니, 케이키와 무슨 일 있었어?"

"말하기 싫어."

"그렇다는 건 역시 무슨 일이 있었다는 거네."

"……."

무덤을 판 마오가 침묵을 지켰고 메구미가 쇼마의 편에 가세했다.

"역시 사랑싸움이에요?"

"아니거든. 키류와는 그런 관계가 아니야."

케이키에게 했던 것과 같은 질문에 케이키와 같은 대답을 하는 마오.

"……정말 그런 사이 아니라고."

그저 혼잣말을 중얼거리며 남은 카레를 모조리 먹어 치운 그녀가 자리에서 일어났다.

"상황 좀 보고 올게."

거기까지 말하고 대답을 듣지도 않은 채 마오는 숙소로 향했다.

대상이 누군지는 말하지 않는다는 점이 솔직하지 못한 그녀다웠다.

"……저기, 아키야마?"

"왜, 오니즈카?"

"혹시 난죠는 흔히 말하는 츤데레인가요?"

"어라? 몰랐어?"

그 질문에 쇼마가 신기하다는 듯이 웃었다.

"마오는 완전 정통파 츤데레야."

한편 그 무렵, 2학년이 부재인 사립 모모사와 고등학교에서는―.

"저기―, 마녀 선배?"

"왜?"

"뭔가 재미있는 이야기 좀 해주세요."

"글쎄. 코가의 가슴 부분 이야기를 하면 되려나?"

"그건 하나도 재미없거든요."

서예부 부실 정 위치에 앉은 토키하라 사유키와 코가 유이카 두 사람은, 아무것도 하지 않은 채 퇴폐적으로 점심시간을 소화하고 있었다.

"……하아, 케이키 선배가 없으니까 지루하네요."

"그건 동감이야."

"지금쯤 선배들은 체험 수업을 즐기고 있겠죠."

"그럴지도 모르지."

"그런데 왜 유이카는 마녀 선배 따위와 잡담을 해야 하는 거죠?"

"나도 모르겠거든. 그리고 싫으면 안 오면 되잖아."

후배의 건방진 이의에 미간을 찌푸리는 사유키였지만 무언가가 떠오른 듯 입꼬리를 심술궂게 올렸다.

"뭐, 친구가 없는 코가는 있을 곳이 서예부 정도밖에 없겠지만."

"그건 마녀 선배도 마찬가지잖아요?"

"부정은 하지 않을게. 서로 외로운 학교생활을 보내고 있구나."

"선배랑 똑같이 취급하지 마세요. 확실히 케이키 선배가 없는 건 외롭지만 유이카에게는 마녀 선배는 흉내 낼 수 없는 스페셜한 일정이 있으니까."

"어머, 꽤나 건방지네."

경솔한 도발이었지만 유이카가 건방진 건 늘 있는 일.

사유키는 상급생으로서 여유를 갖고 대응했다.

"어떤 멋진 일정이 있는지 들려주겠어?"

"흐흥, 듣고 놀라도 돼요. 무려 유이카는 오늘 밤, 아이리 집에서 파자마 파티를 할 거랍니다!"

"뭐……라고?!"

파자마 파티.

정말 리얼충 같은 그 감미로운 울림에 사유키가 전율했다.

"그건 그 파자마 파티를 말하는 거야?! 친구와 함께 목욕을 한 다음 잠들 때까지 게임을 하거나, 파자마를 입고 연애 이야기를 하는 그것?!"

"맞아요. 오늘 방과 후에 같이 쇼핑을 하고 저녁엔 멋들어진 파스타를 만들 거예요."

"멋들어진 파스타라고?!"

"버섯을 가득 넣은 크림 파스타를 만들 예정이에요."

"엄청 세련됐는데?!"

여자 둘이서 크림 파스타라니, 사교성이 없어 친구가 한 명도 없었던 인물의 입에서 나오리라고는 생각지도 못한 발언이었다.

"너희들, 대체 언제 그런 사이가……."

"아핫, 부럽죠? 유이카는 친구가 없는 마녀 선배와는 다르다고요."

"나, 나도 친구 정도는 있어!"

"흐음? 누구요?"

"오, 오오토리……?"

"왜 의문형이에요?"

"시, 시끄러워……아니, 애초에 코가도 나가세랑 친해지기 전에는 친구가 제로였잖아."

그렇다 해도 부럽지 않다면 거짓말이겠지.

집안 사정 때문에 그와 같은 이벤트와는 인연이 없었던 사유키에게 친구와의 파자마 파티는 인생에서 한 번은 해보고 싶은, 동경하던 행사였다.

"그러니까 나중에 파자마 파티 사진 보내드릴게요."

"날 괴롭히려는 거야? 나쁜 성격이 여기서 드러나네. ……앗, 그럼 부실에 온 것도 그걸 자랑하기 위해서였어?!"

"흐흥. 분하면 마녀 선배도 하면 되잖아요."

"훗, 훌륭한데……?"

후배한테 이렇게까지 바보 취급당하고 가만히 있을 순 없었다.

"나도 오오토리랑 파자마 파티할 거야!"

그 이후 사유키는 바로 코하루에게 전화를 걸어 사정을

설명하고 파자마 파티 약속을 잡았다.

◇

상황을 보고 오겠다고 선언한 대로 음료수를 사러 간 케이키를 따라 마오는 혼자 숙소로 돌아왔다.

"로비에는 없네……."

1층 로비 자판기 근처에 타깃의 모습은 없었고 일단 확인했지만 매점 쪽에도 없었다.

지갑이 방에 있다고 했으니 그걸 가지러 간 거겠지.

어쩔 수 없이 남자 숙소가 있는 2층으로 향했다.

"화가 치밀어 올랐다고 해도 역시 아주 매운맛은 좀 심했나……?"

분풀이는 어른스럽지 못했다고 스스로도 생각했다.

숙소에 도착하자마자 부회장과 불장난을 하고 있던 짝사랑 상대에게 화가 나 자신도 모르게 그의 카레에 붉은 양념을 투입하고 말았다.

"키류는 부회장이랑 꽤나 사이가 좋은 것 같아……."

학생회에 임시 임원으로 파견됐을 정도니까.

처음에는 아야노가 케이키에게 더 집착하는 느낌이었는데 학생회와 관계를 맺은 이후 케이키도 아야노에게 경계심을 푼 것처럼 보였다.

(혹시 몰래 사귀는 건가? 하지만 키류는 그런 걸 숨길만 한 타입은 아니야…….)

하지만 그렇다면 마오가 본 그 상황은 뭐였을까?

연인도 아니라면 더더욱 아야노를 끌어안고 있었던 이유를 알 수가 없었다.

오히려 사귀지도 않는 여자의 냄새를 맡는 건 범죄잖아.

"……뭐, 하지만 키류 성격으로 봐선 또 어쩔 수 없는 일에 휘말린 것뿐이겠지, 분명."

그 벽창호는 귀찮은 여자랑 잘 얽히는 체질이었다.

마오를 포함해 다수의 변태 소녀들이 그에게 호감을 느끼고 있는 게 그 증거.

의외로 그 부회장에게도 뭔가 비밀이 있는 걸지도 모른다.

뭐, 그건 나중에 케이키 본인에게 따지면 되겠지.

그것보다 마오가 지금 가장 신경 쓰이는 건 다른 일이었다.

"아니, 키류는 정말 냄새 페티시스트일까?"

그렇다, 지금까지 은근히 감춰온 키류 케이키의 성벽이었다.

글래머를 좋아하는 건 공언하고 있지만 구체적인 취미 기호에 대해선 그 남자 스스로 밝히지 않았으니까.

"아니, 뭐, 그 정도의 페티시스트라면 완전 허용 범위지만……."

난죠 입장에선 상대가 다소 냄새 페티시스트의 변태라도

OK였다.

역시 속옷 냄새나 운동 직후의 체취를 누군가가 맡는 건 싫지만 상식적인 범위 내에서 머리나 몸의 냄새를 맡는 정도는 용인할 수 있었다.

(오히려 좋아하는 사람이 맡는다면 나쁘지 않달까…….)

자백하자면 키류가 아야노의 목덜미 냄새를 맡고 있던 모습을 보고 부러웠다.

"연인이 되면 그 정도의 스킨십은 보통이랄까…… 아니, 사귀는 건 아직 훨씬 이르지만……!"

망상이 너무 가속화돼서 붕붕 팔을 휘둘렀다.

다행히 학생들은 모두 밖으로 나갔기 때문에 그 기행의 목격자는 없었다.

"……하지만 언젠가는 키류와 그런 관계가 되고 싶어."

확실히 친구로서 그와 보내는 지금 이 시간도 버리기 힘들었다.

하지만 마음속으로는 좀 더 친밀한 관계가 되고 싶다고 바라고 있었다.

그걸 위해서라도 이번 합숙에서 그와의 사이를 좀 더 진전시키기로 결심했다.

(카레 일은 사과하고 키류의 이야기를 제대로 들어주자. 오해라고 했던 것 같으니까 제대로 이야기를 해보고 화해해야지!)

자연체험학습은 이제 시작이었으니까.

딱딱한 분위기인 채로 보내기엔 너무나 아까웠다.

그렇게 마음속으로 여러 가지를 정리한 후 기합을 다시 넣은 마오는 성큼성큼 통로를 가로질러 목적지인 방 앞에서 걸음을 멈췄다.

"응? 문이 열려 있네……."

노크를 하려다 문이 살짝 열려 있는 걸 깨달았다.

게다가 방안에서 뭔가 '후—하—'하 고 심호흡이라도 하고 있는 것 같은 소리가 들렸다.

"……."

무슨 일이 일어나고 있는 거지?

이상하게 여긴 마오는 소리가 나지 않도록 문을 열고 조용히 실내로 침입했다.

신발을 벗고 잠깐의 복도를 지나 다다미가 깔린 8첩방으로 향했다.

그곳에서 보게 된 광경에 마오는 눈을 의심했다.

"……키, 키류?"

그건 너무나 충격적인 영상이었다.

방에 있던 케이키가 손에 들고 있는 건 하늘색 팬티.

다만 그건 남자용 트렁크가 아닌 원래 여기 있어선 안 되는 여성용 팬티로, 그는 누군가의 것인지 알 수 없는 그 팬티를 직접 코로 가져가 꽉 누르고 있었다.

좀 더 말하자면 '후―하―' 하면서 마음껏 속옷 냄새를 맡
고 있었다.

좋아하는 남자가 여자의 팬티를 전력을 다해 킁킁거리고
있었던 것이다.

이야기는 몇 분 전으로 거슬러 올라간다.

마오 특제 아주 매운맛 카레를 싹 비운 케이키는 달콤한 음료수를 먹기 위해 지갑을 가지러 숙소 방으로 돌아왔다.

"으윽, 입 안이 얼얼해……빨리 밀크티라도 사러 가야지."

카레를 먹고 난 후 혀의 감각이 사라졌고 빨리 당분으로 씻어내지 않으면 입 안이 때를 놓칠 것 같았다.

그래서 벽 쪽에 놓아둔 배낭을 끌고 와서 지퍼를 열었다.

"……어라? 지갑을 어디다 넣었지?"

위쪽에 넣었던 것 같은데 보이지 않았다.

어젯밤, 확실히 넣은 기억이 있으니 집에 두고 온 건 아닌 것 같은데—.

"아, 안쪽에 있었네."

이틀 동안 입을 옷을 뒤지다 바닥 근처에서 애용하는 지갑을 발견했다.

이걸로 겨우 입 안을 정화할 수 있게 되었다.

설레는 마음을 억누르며 들뜬 마음으로 배낭에서 지갑을 꺼냈다.

그런데 지갑과 함께 뭔가 팔랑거리는 물체가 끌려 나왔다.

"……응? 이게 뭐지?"

넣은 기억이 없는 연한 하늘색의 물건을 펼쳐보니 어? 이상한데?

양손 높이 든 그것은 무려 귀여운 여성용 속옷이었다.

"왜 여기 팬티가?!"

과연 이런 일이 있을까?

짐 속에 여자 속옷이 섞여 들어가는 일이 일어날 수 있는 것일까?

아니, 실제로 여기 있으니 이제 어쩔 수 없지.

팬티의 존재를 받아들이고 앞으로의 동향을 생각하는 게 건설적이었다.

"대체 누구 팬티지……? 아니, 언제 섞여 들어간 거야……?"

이 팬티는 누구의 것이며 언제부터 배낭·안에 있었을까.

짐 속에 이성의 속옷이 섞여 들어있는 건 전대미문의 일이었고 보통은 있을 수 없는 비상사태였다.

다만 그러한 비상사태를 케이키는 몇 번이나 경험했다.

신데렐라의 팬티를 시작으로 여자 후배가 방금 벗은 팬티를 입에 물기도 하고, 노팬티인 여동생에게 팬티를 입히는 등, 그런 플레이에는 경험이 풍부했다.

여자와의 교제 경험은 없지만 여자 속옷을 다루는 건 이미 달인 레벨이었다.

그런 팬티의 왕자님이 우선 무슨 일을 했냐면—.

"뭐, 이건 그거지. 일단……킁킁."

냄새를 맡았다.

팬티의 향기를 마음껏 빨아들였다.

이미 신데렐라의 팬티로 경험이 끝난 조사 방법.

첫 경험 때는 꽤 많은 시간을 고민했지만 이제 와서 겁낼 건 아무것도 없었다.

다른 사람이 없다는 걸 핑계로 최악의 방법으로 만족할 때까지 팬티를 체크했다.

"흐음…… 향긋한 비누 냄새밖에 안 나네."

즉 이 팬티는 새것이 아니며 누군가 입었던 것도 아니라는 뜻.

요컨대 세탁이 끝난 깨끗한 속옷이었다.

"뭐, 하지만 세세한 데까지 충분히 주의해서 한 번 더 맡아볼까?"

어떤 일이든 체크는 확실하게 해야 했다.

학생회 업무를 도와줬을 때도 서류 관련 업무는 임원들이 2인 체재로 체크했었다.

그런 이유에서 한 번 더.

"후—하—."

검품 완료.

특별히 첫 번째와 다른 정보는 얻을 수 없었다.

"하지만 그러네. 안 그래도 후지모토와의 일 때문에 변태로 인정받았는데 이런 모습을 난죠가 보면 끝일 거야."

"……키류?"

"네, 네, 누구……으아아아앗?!"

자신의 이름을 불러 반사적으로 고개를 돌린 그곳에 서 있었던 건 다름 아닌 지금 정말 '만나면 끝'이라고 했던 난죠 마오 그 사람이었다.

"난죠?! 어떻게 여기?!"

"널 보러 왔는데…….'"

대답하면서 그녀의 시선이 파란색 팬티로 집중되었다.

"설마 여자 속옷으로 즐기는 중일 줄은 몰랐어."

"아니거든!!"

"뭐가 아니라는 거야?! 마음껏 냄새를 맡았잖아! 역시 키류는 냄새 페티시스트였어!"

"오해야!"

"애초에 그건 여자 팬티지? 왜 키류가 그런 걸 갖고 있어? 설마 훔쳤어?"

"훔친 거 아니야!!"

"그럼 누구 팬티야?"

"그런 건 내가 알고 싶다."

알면 이미 돌려줬겠지.

짐 가방 속에 위험물을 넣어둬서 귀찮은 일에 휘말렸으니 지금 당장 범인에게 불만을 토로하고 싶을 정도였다.

"……일단 묻겠는데 난죠 팬티는 아니지?"

"그럴 리가 없잖아?!"

"뭐, 그렇겠지."

"정말 믿을 수가 없어! 키류 바보! 속옷 도둑!!"

"훔친 게 아니라니까!!"

하지만 이건 위기였다.

(하필이면 팬티 냄새를 맡고 있는 모습을 들킬 줄이야…….)

여기서 오해를 풀지 못하면 끝이었다.

변태라는 낙인은 피할 수 없을 것이고 자칫하다가는 도난 용의로 신고당하고 말 것이다.

(진정해……침착하자, 키류 케이키!)

여기서 흐트러지는 건 범인이 바라는 바.

생각을 다시 한번 리셋하고 냉정하게 추리해봤다.

아니, 추리할 것까지도 없었다.

우선 이런 짓을 할 사람은 변태 소녀들 말고는 없었다.

배낭은 숙소에 놓아둘 때까지 버스 트렁크에 있었고 팬티를 넣을 수 있는 타이밍은 한정되어 있었다.

그렇다면 이쪽 눈을 피해 나쁜 행동에 이를 수 있는 인물은 딱 한 명뿐.

(미즈하 짓이야…….)

오늘 아침, 케이키를 깨우러 왔을 때 팬티를 넣은 게 틀림 없었다.

"……아니, 잠깐만? 여기 미즈하의 팬티가 있다는 건…….."

여기서 키류 탐정은 무시무시한 가설에 도달했다.

"설마── 미즈하는 지금 노팬티인 거야?!"

물론 다른 팬티를 제대로 입고 있을 가능성도 있었다.

하지만 키류 미즈하라는 소녀는 귀여운 얼굴을 한 노출벽이 있는 변태. 오빠의 짐 가방 속에 자신의 팬티를 넣어두는 그런 여자아이였다.

그녀라면 정말 노팬티 라이프를 만끽하고 있다 해도 이상하지 않았다.

역시 집 밖에서 안 입고 있다고는 생각하고 싶지 않지만 절대로 그런 일이 없다고 단정할 수 없는 게 변태가 변태인 이유였다.

(미즈하는 오늘 치마를 입고 왔을 텐데…….)

오늘 아침, 함께 등교한 여동생은 치마에 검은 양말, 그리고 스웨터를 착용하고 있었다.

만약 노팬티였을 경우, 설령 검은 양말을 신었다고 해도 그녀의 방어력은 더없이 제로에 가까웠다.

"난죠, 미안! 긴급사태야! 이야기는 나중에 하자!"

"뭐? 잠깐만, 키류?!"

오빠로서 여동생의 노팬티 합숙은 용인할 수 없었다.

지금 당장 팬티를 전해줘야 해── 그런 뜨거운 열망에 사로잡힌 채, 여동생의 팬티 사정을 확인해야 하는 케이키는 방을 뛰쳐나갔다.

"……아니, 팬티를 꽉 쥐고 어디 갈 생각이야?"

여러 가지 오해 속에서 상황 파악을 못 한 마오를 혼자 남겨두고.

치마.

그건 현대 일본에서 필수적이라고 말할 수 있는 아이템이며 여자의 비밀을 지키기에는 너무 방어능력이 약한 의류였다.

만약 어떠한 외적 요인으로 인해 천이 말려 올라가기라도 하면 차마 가리지도 못한 채 착용자의 속옷이 백일하에 드러나게 된다.

하지만 그래도 타인의 눈에 비치는 건 속옷까지였다.

팬티가 있으니 세이프라고 하긴 힘들지만, 팬티라고 불리는 얇은 천이 여자의 비밀을 지켜주는 최종 방어 라인인 건 말할 것까지도 없겠지.

하지만 그 중요한 팬티를 굳이 스스로의 의사로 포기한 여자가 있었다.

사립 모모사와 고등학교 2학년 E반 소속, 키류 미즈하가 그 사람이었다.

미즈하는 여자의, 아니, 인류 공통의 필수 아이템인 팬티 착용을 거부하고 노팬티로 학교를 다니면서 성적 흥분을 느끼는 변태였다.

물론 매일 그러한 폭거에 나서는 건 아니었고 독자적으로

정한 룰에 따라 벗고 싶어서 참을 수 없는 '노팬티 데이'인 날만 팬티를 입지 않고 스쿨 라이프를 즐기고 있는 듯했다.

그리고 체험학습 첫날인 오늘, 미즈하에게 다시 '노팬티 의혹'이 불거졌다.

키류 케이키의 짐 속에서 그녀의 것으로 추정되는 파란색 팬티를 발견한 것이다.

그렇게 되면 당연히 '미즈하는 지금 팬티를 입고 있을까?'라는 의문이 피어오르게 된다.

만약 노팬티인 상황에서 어떠한 불행에 의해 치마가 말려 올라가기라도 하면 대참사였다.

그런 이유로 케이키는 서둘러 여동생의 속옷 사정을 조사하기로 한 것이다.

"미즈하……!"

"어라, 오빠? 그렇게 급하게 무슨 일이야?"

"미즈하를 찾고 있었어."

케이키가 급히 달려갔을 때 미즈하는 아직 캠프장 취사 공간에 있었다.

다 먹은 식기를 깨끗하게 설거지하고 있었고 운 좋게도 그녀와 같은 조원들은 이 자리에 없는 것 같았다.

"일단 이쪽으로 좀 와봐."

"뭐?"

여동생의 손을 이끌고 우격다짐으로 그 자리에서 연행

했다.

다행히, 캠프장 주변에는 수풀이 우거져있어 남의 눈에 띄지 않는 장소가 얼마든지 있었다.

아무도 듣지 못하도록 인적이 없는 숲속으로 그녀를 끌고 갔다.

"여기까지 오면 괜찮겠지……?"

"대체 무슨 일이야, 오빠?"

"단도직입적으로 묻겠는데, 너, 내 짐 속에 이걸 넣었지?"

"아, 벌써 찾았구나."

주머니에서 꺼낸 팬티를 보여주자 범인이 선뜻 자백했다.

"왜 이런 짓을 한 거야?"

"단적으로 말하면 욕구불만이랄까."

"욕구불만?"

"오빠가 내 팬티를 어떻게 사용할지 상상하면서 흥분했었어. 열심히 냄새를 맡고 거칠게 문지르는 느낌의 망상을 하면서."

"예상 이상으로 심각한 이유였어!"

그녀의 예상대로 냄새를 맡고 말았다는 사실이 분했다.

"아니, 오빠가 노팬티로는 등교 금지라고 했고, 같이 살고 있는데 욕실을 훔쳐보러 오지도 않아서 나도 여러 가지로 참고 있단 말이야."

"여동생이 목욕하는 장면을 훔쳐보는 건 완전 아웃이잖아."

"난 기쁠 것 같은데."

물론 노출광이라면 기쁘겠지만, 변태와 변태에 대해 토론해봤자 결말이 나지 않았다.

"……뭐, 지금 그런 이야기는 됐어. 그것보다 본론으로 들어가자."

"본론이라니?"

"단도직입적으로 말할게. 미즈하에겐 지금 노팬티 용의가 걸려 있어."

"노팬티 용의?"

"그래, 그리고 나에게는 오빠로서 미즈하의 팬티 사정을 확인할 의무가 있지."

"오빠는 내가 팬티를 입고 있는지 어떤지를 알고 싶은 거야?"

"맞아. 해가 되는 짓은 안 할 테니까 솔직하게 대답해줘."

대답에 따라서는 엄중 주의로는 끝나지 않을 수도 있었다.

여차하면 오빠가 친히 팬티를 입혀줄 필요도 있어 보였다.

"으—음……비밀?"

"미즈하…….

"그렇게 알고 싶으면 직접 확인해볼래?"

"뭐?"

"그렇지…… 그냥 치마를 걷어 올리는 것도 재미가 없으니까 스마트폰으로 찍어줘. 오빠가 내 치마 속을."

"그게 대체 무슨 말이야?!"

"안 할 거면 안 가르쳐줄래."

"크윽······."

여동생의 치마 속을 촬영하다니, 정상적인 행위라고는 생각할 수 없었다.

늘 있는 일이지만 노출마의 요구는 허들이 너무 높았다.

그렇다고 해도 여기서 확인 못 하면 합숙 중에 계속 노팬티 의혹이 머릿속에서 사라지지 않아 답답한 마음으로 시간을 보내게 되겠지.

노팬티인지 아닌지.

24시간 계속 고민하는 스트레스도 만만치 않을 것이다.

(다만 혹시 정말 노팬티였을 경우에는 어떻게 되는 거야?)

그럴 경우, 무방비한 그녀의 다리 사이를 자신의 손으로 촬영하게 될 것이다.

완전히 사건이었고 위험이 너무 컸다.

(하지만, 노팬티 의혹이 있는 여동생을 방치하는 것도 오빠로서 어떨까? 누군가에게 미즈하의 비밀을 보여줄 바에야 차라리 여기서 체념시키는 게 오빠의 책임 아닐까······?)

여러 가지 갈등을 거쳐 케이키는 각오를 다졌다.

"좋아. 내가 미즈하의 노팬티 의혹을 파헤쳐줄게!"

"그럼 바로 준비해야겠네."

"준비?"

고개를 갸웃거리는 오빠의 눈앞에서 그녀는 천천히 자신의 스웨터 앞을 걷어 올렸다.

"잠깐만?!"

"응?"

"왜 상의를 젖히는 거야!?"

"이러면 더 기분이 날 것 같아서."

"그냥 가슴이 나올 것 같은데!?"

스웨터를 과감하게 걷어 올린 결과, 파란색 속옷에 감싸인 가슴이 '안녕' 하고 인사를 건넸다.

아름다운 배도 다 보였고 전부 벗는 것보다 훨씬 선정적인 모습이었다.

(파란색 브래지어를 하고 있다는 건 역시 안 입고 있다는 뜻……?)

물론 색깔만 똑같다고 해서 단언할 순 없었다.

단순 허세일 가능성은 충분했다.

어쨌든 자신의 눈으로 확인할 때까지 진상은 알 수 없었다.

"내가 치마를 걷어 올릴 테니까 오빠는 스마트폰으로 촬영해줘."

"라, 라져……."

내키진 않았지만 여기서는 따를 수밖에 없었다.

주머니에서 스마트폰을 꺼내 촬영 모드로 바꾼 후 대기

했다.

상의인 스웨터를 걷어 올리고, 매혹적인 앞가슴을 드러낸 미즈하가 이번에는 그 양손을 자신의 치마 위에 올렸다.

"그럼 시작해볼까? 잘 보고 있어."

"아, 으응……."

나무들로 둘러싸인 숲속에서 변태적인 촬영회가 시작되었다.

"……으읏."

조금씩 애태우듯 미즈하가 치마 옷자락을 들어 올렸다.

그 모습을 케이키가 스마트폰으로 촬영했다.

"하핫, 오빠가 찍고 있다니, 나쁜 짓을 하고 있는 것 같아서 가슴이 두근거려……."

"……."

스마트폰 화면에 담긴 그녀는 완전히 변태였다.

흥분한 것인지 살짝 뺨을 붉혔고 그럼에도 즐거운 듯 미소를 지으며 부끄러운 모습을 찍히고 있다는 쾌감을 맛보고 있었다.

(평범한 여자아이라면 치마 속을 촬영한다는 사실에 혐오감을 갖겠지…….)

그런데 미즈하는 정말 기뻐하는 표정을 지어서 감당이 되질 않았다.

쾌락에 미소를 흘리는 소녀의 그 고혹한 눈동자가 자신을 주시하는 걸 느끼면서 여동생의 추태를 카메라에 담는 배덕 감에 머리가 어지러웠다.

"으웅…… 슬슬 보여……?"

"그래, 슬슬……."

치맛자락이 한계 지점에 도달했다.

이미 양말의 수비 범위 밖에 있는 허벅지 일부가 노출되 었고 아름다운 맨다리가 드러나고 있었다.

조금만 더.

조금만 더 그녀가 손을 움직이면 소녀의 비밀이 풀릴 것 이다.

"……웃."

긴장 때문에 꿀꺽 침을 삼켰고, 스마트폰을 든 손에도 힘 이 들어갔다.

그런 카메라맨의 모습에 피식 웃으며 자신을 향하고 있는 카메라 앞에서 미즈하는 치마를 더욱더 걷어 올렸다.

"짜잔! 제대로 입고 있답니다~."

"하아, 정말 조마조마했는데……."

공개된 여동생의 하복부에는 브라와 한 쌍인 팬티가 제대 로 자리하고 있었다.

완전히 미즈하에게 놀아나고 만 것이다.

(변태인 미즈하를 치료할 생각이었으면서, 변태 플레이 에 가담하면 어떻게 해……?)

앞으로의 일이 염려됐지만 여동생의 팬티 사정을 확인할 수 있어 안심했다.

"후후, 고마워, 오빠. 노출 플레이에 동참해줘서."

"별말씀을."

"아, 그 동영상은 마음대로 써도 돼."

"안 써, 그리고 슬슬 치마 좀 내려."

계속 치마를 걷어 올린 채로 있으니 눈 둘 곳이 없어서 곤란했다.

지시에 따라 허겁지겁 옷을 정돈하기 시작한 여동생으로부터 시선을 돌리다 침엽수 옆에 선 난죠 마오와 눈이 마주쳤다.

"응? 난죠?! 어째서!?"

"키류가 돌아오질 않아서 찾으러 왔는데……."

그러고 보니 마오를 방에 내버려 둔 채 나와 버린 게 떠올랐다.

그래서 좀처럼 돌아오질 않는 케이키를 찾으러 온 모양이다.

"설마 키류가 여동생에게 치마 들어 올리기를 강요하는 변태일 줄은 몰랐어. 게다가 스마트폰으로 촬영까지 하고……."

"터무니없는 오해를 하고 있잖아, 이 사람?!"

"둘이 숲속으로 들어가길래 뒤를 따라와 봤더니 숨어서 이런 음란한 짓이나 하고……."

"아니, 저기…… 난죠……?"

"즐기고 있는데 방해해서 미안해. 계속 편하게 즐겨."

죽은 생선 같은 눈으로 감정 없는 대사를 빠르게 전한 마오가 온 길을 되돌아갔다.

"그러니까 오해라니까……."

그녀가 절망적인 착각을 한 건 틀림없었다.

여동생의 스트립쇼를 카메라로 담고 있었던 건 사실이지만 케이키가 바라고 실행한 건 아니었는데.

"일이 너무 커진 것 같네."

"정말……."

대부분 미즈하와 팬티 때문이었지만 이제 태클을 걸 기운조차 없었다.

새로운 문제 발생에 케이키는 머리를 감싸 안았다.

◇

"큰일 났어. 나에 대한 난죠의 호감도가 사상 최저치야."

이미 해가 저문 오후 7시 무렵, 숙소 노천탕에 몸을 담그며 케이키가 내뱉은 건 어찌할 도리가 없는 보고였다.

그에 대해 똑같이 옆에서 입욕 중이던 쇼마가 맥 빠진 대답을 건넸다.

"흐음ㅡ, 그거 큰일이네."

"아니, 정말 큰일이라니까. 인간의 호감도가 그렇게 한순간에 급강하하는 건 처음 봤다고. 지금 느긋하게 온천을 만끽할 때가 아니야."

"저녁 식사 때도 계속 무시당하던데 대체 무슨 짓을 저지른 거야?"

"……다른 사람들한테 말하면 안 돼."

"난 입은 무거운 편이야."

"뭐, 그렇게 복잡한 이야기도 아니지만—."

대략적으로 사정을 설명했다.

마오에게 들킨 부끄러운 장면들을 입 밖으로 꺼내자 미묘한 기분이 들었지만 다른 일에는 일절 마음을 쓸 수가 없었다.

"그렇군. 마오에게 후지모토나 미즈하와의 특수 플레이를 들켰다고?"

"잠깐, 단어 선택에 좀 주의해줘."

주위에는 그들 말고도 입욕 중인 녀석들이 있었다.

여자와의 변태 플레이를 즐겼다는 걸 들키면 궁지에 몰릴 것이다.

"일단 팬티 일도 포함해서 미즈하가 설명은 해준 것 같은데 전혀 용서해주질 않아…….."

"그래서 왜 마오가 화를 낸 건지 짐작은 가?"

"그야 난쿄와는 오랫동안 알고 지냈으니까 어느 정도 예상은 하고 있어."

"오오, 자신감이 넘치는데."

"내가 쇼마가 아닌 다른 여자애랑 알콩달콩 시간을 보냈기 때문이잖아? 그런 건 BL 만화 소재가 되질 않으니까."

"아, 안 되겠네, 이 녀석. 전혀 모르고 있잖아."

"응?"

"이래서야 마오도 힘들겠다."

"응? 무슨 말이야?"

"마오에게 혼날 것 같으니까 안 가르쳐줄래."

"뭐어⋯⋯?"

"뭐, 하지만 화해하기 위해서라면 도와줄게. 나도 코하루를 화나게 했을 때 도움을 받았으니까."

"고맙다."

역시 의지가 되는 친구는 인생에서 없어선 안 될 존재였다.

"문제는 어떻게 마오의 기분을 풀어주느냐 하는 건데."

"오해를 푸는 게 제일인데 제대로 이야기도 들어주질 않으니까. ⋯⋯뭐, 방법이 없는 건 아니지만."

"그렇다면?"

"나랑 쇼마가 수건 한 장만 두르고 찍은 사진을 제공하면한 방에 해결될 거야."

"역시 그렇게까지 몸을 던지는 건 좀⋯⋯."

약속된 승리 작전만큼 대가도 컸다.

부녀자가 생각하는 것만큼 남자는 남자를 좋아하지 않았다.

"하지만 보이즈 러브 작전을 쓸 수 없게 되면 좀 어려울 것 같은데."

"BL 말고 마오가 기뻐하는 거라면……."

"게임은 어때?"

마오는 자타공이 인정하는 게임 마니아로 오락실도 좋아했다.

"휴대게임기도 갖고 왔고, 일부러 져주는 건 어때?"

"딱히 일부러 져주지 않아도 마오가 최강일 텐데."

"그럼 소용이 없잖아."

"애초에 화해하지 않으면 게임 신청에 응하지 않을 것 같은데."

"전혀 소용이 없네."

여자의 기분을 푸는 건 꽤나 어려웠다.

"케이키는 마오를 어떻게 생각해?"

"뭐야? 아닌 밤중에 홍두깨도 아니고."

"깊은 의미는 없으니까 잘 생각해봐."

"아―뭐―글쎄……."

질문의 의도는 불분명했지만 일단 감언이설에 넘어가 봤다.

"생각해보면 난죠는 굉장한 녀석이야. 좋아하는 일에 일편단심이고 바쁜 부모님을 대신해서 집안일도 하고, 똑똑하고 노력가에다 그렇게 보여도 상냥하고……."

쌀쌀맞은 태도를 보이지만 이러니저러니 해도 주변을 배려하고.

체육 시간에 기절한 같은 반 친구가 눈을 뜰 때까지 침대 옆에서 기다려주는 정말 멋진 여자아이였다.

"뭐랄까, 그냥 엄청 존경스러워."

"그 말을 마오에게 해주지 그래?"

"이런 말을 얼굴을 마주하고 할 수 있겠냐……?"

이런 건 본인이 없기 때문에 할 수 있는 말이었다.

하지만 얼굴을 마주하고 말하지 않으면 전해지지 않는 것도 있었다.

"……서투른 잔꾀 부릴 생각 말고 정공법으로 사과해볼까?"

"그게 좋겠어."

어설프게 술수를 부리면 악플이 쇄도하는 게 인터넷과 소녀의 마음.

사죄는 성실하게 하는 게 제일이겠지.

"그럼 방침도 정해졌고……."

"그래, 슬슬 나가볼까……?"

서로 얼굴이 붉은 건 노천탕에 오래 있었기 때문.

남자 둘이서 현기증일 날 때까지 목욕을 한다는, 마오가 들으면 덩실거릴 것 같은 이벤트를 소화한 후 케이키와 쇼마는 노천탕을 나가기로 했다.

　여관 유카타로 갈아입고 케이키와 쇼마가 나란히 탈의실을 나가자 마침 옆쪽 여탕에서 잘 아는 여자아이가 나오고 있었다.

　"응? 오빠랑 쇼마를 여기서 만나다니, 우연이네."

　"안녕, 미즈하."

　"미즈하도 목욕했구나. ……잠깐, 어라?"

　목욕을 끝낸 미즈하 뒤로 유카타를 입은 또 한 명의 여자아이가 서 있는 걸 눈치챘다.

　"후지모토도 왔구나."

　"응. 목욕탕에서 키류랑 만나서 같이 씻었어."

　"흐음─, 색다른 조합이네."

　유카타 차림도 귀중하지만 미즈하와 아야노 콤비도 상당히 드문 광경이었다.

　축제 때 몇 번인가 만난 적은 있지만 두 사람이 함께 있는 모습을 보는 건 처음일지도 모르겠다.

　"후지모토랑 알몸으로 교제를 나눴지."

　"아, 으응. 그래……?"

　"키류에 대해서 여러 가지 이야기를 나눴어."

"대체 무슨 이야기를……."

키류와 관련된 여러 가지 이야기의 상세한 내용이 궁금했다.

설마 오늘 있었던 변태 플레이를 서로 폭로하지는 않았을까? 두 사람 다 마이웨이형 성격이라 절대로 없을 거라고는 단정할 수 없었다.

케이키가 의심하고 있는데 쇼마가 소곤소곤 귓속말을 건넸다.

"목욕을 끝낸 여자애들은 꽤 자극적이네."

"그래, 정말 네 말이 맞아."

"동급생이 아니라 초등학생이었다면 좀 더 설렐 텐데."

"미안, 거기엔 동의 못 하겠다."

실제로 유카타 차림의 두 사람은 꽤나 매력적이었다.

여관 유카타에 허리까지 오는 짧은 겉옷을 조합한 사람은 천재일 것이다.

"두 사람 다 유카타가 잘 어울려."

"에헤헤, 고마워."

"……고마워."

오빠에게 칭찬 받은 미즈하가 기분 좋은 듯 수줍어했다.

그에 비해 아야노는 뺨을 붉게 물들이며 미즈하 뒤에 숨어버렸다.

그대로 힐끔힐끔 케이키의 상태를 살피는 모습은 무언가

를 경계하는 고양이랑 흡사했고, 부회장의 행동에 미즈하가 고개를 갸웃거렸다.

"후지모토? 왜 그래?"

"잠시 피난을⋯⋯."

"피난?"

다시 머리 위로 물음표를 띄우는 미즈하.

그녀는 알 리 없겠지만 케이키는 아야노의 반응에 짐작 가는 게 있었다.

(그랬지⋯⋯후지모토는 날 냄새 페티시스트인 변태라고 생각하고 있어⋯⋯.)

마오의 일로 잊고 있었지만 아야노에게도 실수를 저지른 케이키였다.

오해를 풀고 싶지만 미즈하가 옆에 있으니 그것도 어려웠다.

어떻게 해야 하나 고민하고 있는데 경위를 지켜보고 있던 쇼마가 입을 열었다.

"그렇지. 두 사람 다 지금 우리 방으로 놀러 안 올래? 다른 남자애들도 없으니까 스스럼없이 이야기를 나눌 수 있을 거야."

"그래도 돼? 그럼 실례 좀 할까?"

"키류가 간다면."

미즈하가 참가를 결정하고 그 뒤로 아야노도 작게 손을

들었다.

"케이키도 괜찮지?"

"괜찮은데? 어차피 소등 때까진 자유 시간이니까."

여학생들 공간에 남학생들은 출입할 수 없었지만 그 반대는 금지되지 않았다.

따로 룸메이트도 없으니 문제 될 건 없겠지.

"모처럼이니까 마오에게도 물어봐."

"뭐? 난죠도?"

"화해하고 싶잖아?"

"더욱더 기분을 상하게 할 것 같은데……."

미즈하와 아야노라는, 주된 분노의 원인이 된 여학생 두 명이 있으니까.

마오를 불러서 어떤 화학반응을 일으킬지 알 수가 없었다.

"하지만 나중에 자기만 따돌렸다는 걸 알게 되면 더 화내지 않을까?"

"일리 있는 말이야."

마오는 그렇게 보여도 관종 기질이 있었다.

여름 축제나 합숙 등, 서예부 모임에는 빠지지 않고 참가하는 게 그 증거였다.

"그럼 말이나 한 번 해볼까?"

전화를 걸어도 무시할 것 같아서 메시지를 보냈다.

내용은 『지금 다들 우리 방에서 모이기로 했는데 난죠도 괜찮으면 와. 미즈하랑 후지모토도 올 거야』 이렇게 간결하게.

그러자 비교적 금방 『갈게』라는 답장이 왔다.

"난죠도 온대."

"역시나. 케이키라면 해줄 거라고 생각했어."

"오빠 멋있어."

"키류는 하면 되는 아이야."

"왜 다들 날 치켜세우는 거야?"

모두의 칭찬 세례는 이해할 순 없었지만, 이렇게 여관 숙소에 유카타 차림의 여자들이 온다는 이 세상 남고생들이 동경하는 두근두근 이벤트가 개최되었다.

그 이후, 2층 방으로 돌아온 케이키는 불을 켜고 미즈하와 아야노를 불러들였다.

역시 인원수만큼의 방석은 없었기 때문에 다다미 위로 안내했고 모두가 다 앉았을 때 스마트폰을 확인한 쇼마가 소리를 높였다.

"오, 코하루에게서 메일이 왔어."

"뭐래?"

"아니, 토키하라 선배 집에서 파자마 파티를 하고 있는데?"

"파자마 파티?"

"사진도 보냈어."

"오오. 어디, 어디?"

쇼마의 스마트폰을 옆에서 들여다보았다.

방심하고 있을 때 찍은 것인지, 왼손으로 브이를 그리며 웃고 있는 코하루 뒤로 파자마 차림을 한 사유키의 깜짝 놀란 얼굴이 찍혀 있었다.

"뭔가 즐거워 보이네."

"파자마 차림의 코하루, 너무 귀엽지 않아? 지금 당장 끌어안고 날름거리고 싶어."

"쇼마……역시 그건 좀 별론데……."

로리콘인 친구가 비교적 진심이라 기분이 안 좋았다.

하지만 여자들의 견해는 좀 다른 듯했다―.

"오오토리 선배는 쇼마한테 사랑도 받고, 부러워."

"아야노도 그런 건 좀 동경하는 편인데."

"뭐야? 내가 이상한 거야?"

남자가 날름거리는 건 여자 입장에서는 세이프일까?

미즈하와 아야노의 발언에 케이키가 정색하고 있는데 누군가가 방문을 두드렸고 유카타 차림의 여학생 두 명이 얼굴을 내밀었다.

"실례합니다."

"실례합니다."

한 명은 밤색 머리칼을 한쪽으로 묶은 난죠 마오.

또 한 명도 같은 조 멤버로 풍성하고 긴 머리가 귀여운 오니즈카 메구미였다.

"응? 오니즈카도 왔네."

"난죠랑은 방도 같이 쓰고 있으니까. 키류 방에 간다길래 재미있을 것 같아서 따라왔는데. ⋯⋯아, 하지만 혹시 안 된다면 돌아갈게요."

"난 딱히 상관없는데."

"나도 괜찮아."

케이키와 쇼마가 승낙했고 미즈하와 아야노도 고개를 끄덕거렸다.

"고마워요. 그럼 사양 않고 들어갈게요."

상냥한 미소를 띠며 메구미가 모두와 합류했다.

그 모습을 곁눈질하며 케이키는 마오에게 말을 걸었다.

"난죠도 와줘서 고마워."

"⋯⋯됐어. 키류를 그냥 놔두면 무슨 짓을 저지를지 알 수 없어서 온 거니까."

쌀쌀맞은 답변이었지만 대답을 해준 것만으로도 큰 진보였다.

이렇게 6명은 8첩방에 원을 그리듯 앉았다.

창문을 배경으로 한 케이키부터 시계방향으로 미즈하, 아야노, 마오, 메구미, 쇼마 순이었다.

(후지모토는 평소라면 솔선해서 내 옆에 진을 치고 앉아

냄새를 만끽할 텐데, 뭔가 엄청 경계하고 있는 것 같아…….)

후지모토는 케이키의 옆자리를 미즈하에게 양보하고 조용히 바라보기만 했다.

8첩 다다미방이라 해도 6명이나 있으니 역시 좀 좁았다.

목욕을 끝낸 여자아이가 4명이나 있기 때문인지 실내에선 희미하게 달콤한 향기가 감돌았다.

(방에 유카타 차림의 여자아이들이 놀러 오다니, 꽤 멋진 이벤트야.)

설령 참가자가 거의 변태라 해도 여자라는 것만으로도 고마웠다.

그 중 유일하게 정상적인 여학생인 메구미가 모두의 모습을 둘러보며 입을 열었다.

"그러니까— 처음 보는 사람은 키류의 여동생뿐이네요. 난 B반의 오니즈카 메구미라고 해요. 잘 부탁해요."

"E반의 키류 미즈하야. 잘 부탁해."

오늘 처음 만나는 두 사람이 인사를 나누었다.

그런 모습을 지켜보다 케이키가 의문을 던졌다.

"그렇다는 건 후지모토와 오니즈카는 아는 사이라는 뜻?"

"맞아요. 이야기를 잠시 나눈 것뿐이지만."

"……응, 이야기를 잠시 나눈 적이 있어."

메구미가 가볍게 대답했고 아야노도 그 말에 동의했지만……

(응? 뭐지? 지금 뭔가…….)

아야노의 목소리가 평소보다 약간 어두웠던 것 같았다.

그 사실에 위화감이 들었지만 뭔가 확증이 있는 것도 아니었고, 가슴속에 피어난 답답함은 간사 역할을 자진해서 맡은 쇼마의 목소리에 감쪽같이 사라지고 말았다.

"단골 메뉴이긴 하지만 트럼프를 갖고 왔어. 다 같이 대부호라도 하는 게 어때?"

"오, 좋은데요. 어서 시작해요!"

그 제안에 메구미가 찬성했고,

"어차피 할 거면 벌칙이 있는 게 재미있겠어."

마오가 파티 게임의 뻔한 패턴을 꺼내 들었고,

"진 사람은 옷 벗기라든가?"

바로 미즈하가 벌칙에 대한 의견을 제시했다.

"아하하, 키류, 재미있네요. 하지만 남자도 있으니까 그건 안 될 것 같은데~."

"제대로 된 의견에 눈이 부신다."

"……쳇, 합법적으로 남자를 벗길 수 있는 기회였는데."

작은 목소리로 부녀자의 이상한 대사가 들리는 것 같았지만 무시했다.

온리 변태였다면 탈의 트럼프도 가능했기 때문에 메구미가 있어 줘서 다행이라 여겼다.

그리고 여기서 조용했던 아야노가 번쩍 손을 들었다.

"자신이 생각한 혼신의 사랑 고백을 발표하는 건 어때?"

"이런, 진지한 벌칙 게임 등장……."

오리지널 사랑 고백이라니, 무슨 소릴 해도 흑역사가 될 미래밖에 보이지 않았다.

"재미있을 것 같고, 난 좋아."

"나도 괜찮아."

"이의 없어요."

"그럼 벌칙은 그걸로 결정하자."

마오와 미즈하, 메구미가 찬성하고 쇼마가 정리했다.

"진짜……? 뭐, 하지만 이기면 되는 거니까."

"케이키, 그 대사 완전히 패배 각인데."

게임 전에 견고한 플래그를 세우고 만 가련한 남자는 운명의 여신의 손에 이끌려 멋지게 트럼프에서 참패하고 말았다.

어쩔 수 없이 혼신의 고백을 보여줬지만 생각보다 재미없었다는 악마 같은 이유로 벌칙은 폐지되었고 이후에는 그냥 트럼프만 즐기게 되었다.

원래 다들 알던 사람들만 모인 거라 싸움이 일어날 일도 없었고 시종 부드러운 분위기 속에서 시간이 흘러갔다.

몇 번째 도둑잡기에 즐거워하다 갑자기 메구미가 이런 말을 내뱉었다.

"저기, 키류? 실제로 서예부의 연애 사정은 어때요?"

"갑자기 그게 무슨?"

"아니, 난죠나 키류, 그 이외에도 미녀들뿐인 여자들의 화원에 남자 혼자니까 그야 여러 가지로 상상하게 되잖아요."

"적어도 하렘과는 좀 거리가 먼 환경인 건 확실해."

미즈하의 고백도 있었고 러브 코미디적 요소가 아예 없었다고 말할 수는 없겠지만 압도적으로 러브보단 변태 성분이 더 자기주장을 하고 있었다. 그게 우리 서예부의 실정이었다.

"말은 그렇게 해도 실제로는 서예부 안에 마음속으로 좋아하는 아이가 있는 거 아니에요?"

"""?"""

방긋 웃고 있는 메구미의 발언에 다른 여자들의 얼굴이 굳어졌다.

"흐음━, 그런 거야? 케이키?"

"쇼마까지 가담하지 마……."

서둘러 화제를 돌리려 했지만 여자부대가 그걸 허락하지 않았다.

메구미를 제외한 세 사람이 포위망을 펼치듯 케이키를 둘러쌌다.

"나도 흥미 있어, 오빠가 좋아하는 사람."

"아야노도 흥미 있어."

"어때, 키류?"

미즈하와 아야노가 화제의 속행을 희망했고 마오까지 케이키의 연애 사정을 추궁하려 했다.

(……뭐야? 대체 뭐냐고? 이 압박감은……?)

눈에 보이지 않는 압력에 지금 당장 이 자리에서 도망치고 싶어졌다.

"오빠……."

"키류……."

"키류……."

도망가지 못하도록 앞으로 몸을 기울인 세 사람을 바라보며 케이키의 이마에서 땀이 뚝뚝 떨어지던 그때, 다다미 위에 올려둔 메구미의 스마트폰이 가볍게 진동했다.

"이런, 실례……."

스마트폰을 손에 들고 화면을 확인한 그녀가 거북하게 고개를 들었다.

"정말 미안한데 동아리 친구에게서 소집 연락이 와서 가봐야겠어요."

"오니즈카도 동아리 활동을 하고 있구나."

"실은 만화연구부예요. 여자는 나뿐이라서 이른바 오타쿠 서클의 공주님이죠."

"스스로 오타쿠 서클의 공주님이라고 말하는 사람은 처음 봤어."

"에이— 키류도 나랑 비슷하잖아요. 서예부의 하렘왕?"

"하렘왕이 아니라니까!!"

"아하하, 완전히 틀린 건 아닌 것 같은데요. ……뭐, 이런 식으로 여자애들이랑 즐길 수 있는 것도 지금뿐일지도 모르지만요."

"뭐……?"

"그럼 미안하지만 난 이만 가볼게요."

분주하게 방을 나서는 자칭 오타쿠 서클의 공주님.

(하지만 나이스 타이밍이었어, 만화연구부 제군들.)

나머지 여자애들의 압박이 굉장했기 때문에 이야기가 옆길로 빠져서 정말 다행이었다.

"그럼 우리도 슬슬 끝낼까?"

"아―, 오빠가 도망친다―."

"키류는 패기가 없어."

"흥……."

여자 멤버들이 불만을 토로했지만 메구미도 빠져버렸고 슬슬 시간도 늦었기 때문에 이제 그만 해산하기로 했다.

"잘 자, 오빠. 아키야마도."

"실례 많았어."

미즈하와 아야노가 방을 나갔고 두 사람에 이어서 방을 나가려던 마오를 케이키가 불러 세웠다.

"난죠, 잠시 괜찮을까?"

"키류?"

열게 될 것 같아."

합법 로리가 흑화될 것 같아 화제를 돌렸다.

"나보다 토키하라는 어때요?"

"나?"

"토키하라는 키류의 펫이 되고 싶은 거죠?"

"뭐? 내가 오오토리한테 그 이야기를 한 적이 있었던
가……?"

"아! ……저, 그게, 그러니까…… 저, 전에 토키하라랑 키
류가 이야기하는 걸 우연히 들었어요."

"그랬어? 다음부터는 주의해야겠네."

"……휴우."

실제로 코하루는 꽤 이전부터 케이키를 경유해 알고 있었
지만 그 사실을 사유키는 몰랐다.

"하지만 그래. 펫에 대한 건 솔직히 말해서 전혀 진전이
없어."

"없어요?"

"축제도 있었고 계속 바빴으니까. 케이키도 케이키 나름
대로 바쁜 것 같아서 지금 현재로선 제대로 접근도 못 하고
있어."

"주제넘은 말일지도 모르지만, 가만히 있어도 되겠어요?
키류는 인기도 많고 게다가 우리 3학년은 이제 얼마 있으
면……."

"그래……."

이제 11월도 끝자락, 12월로 들어가면 눈 깜짝할 사이에 올해도 끝난다.

시험이 끝나면 졸업까지 초읽기에 들어갈 것이다.

3학년인 사유키에게 남은 시간은 고작 몇 개월 정도.

"초조하지 않다고 말한다면 거짓말이겠지. 서예부 여자 부원들은 전부 라이벌이고 학생회의 후지모토뿐만 아니라 요즘은 타카사키까지 케이키에게 추파를 던지고 있거든."

"키류는 아는 여학생이 많으니까요."

"그러니까."

정말 부자연스러울 정도로 그 녀석 주위에는 여자가 많았다.

선배에 후배, 동급생에 의붓여동생까지 대부분의 속성을 망라하고 있었다.

"하지만 그것도 어쩔 수 없다고 생각해. 케이키는 멋있으니까. 평소에는 좀 믿음직스럽지 못하지만 곤란한 누군가를 위해 최선을 다하는 굉장히 멋진 남자야."

"토키하라……."

"그러니 나도 좀 더 고도의 암캐로 레벨업해야 한다고 생각해."

"아, 그런 느낌이군요. 난 틀림없이 여성스러움을 갈고 닦는 그런 이야기일 줄 알았는데."

"자랑은 아니지만 난 서예랑 공부 말고는 전혀 잘하는 게 없거든."

"토키하라는 키류의 여자친구가 되고 싶지 않아요?"

"여자친구?!"

뜻밖의 질문에 사유키의 얼굴이 빨개졌다.

"여, 여자친구라니, 너무 황송하잖아. 나 같은 암퇘지는 펫으로 삼아주는 게 딱 좋아."

"그렇지 않아요. 토키하라는 멋진 여성이니까."

"오오토리……."

"난 토키하라를 응원하고 있어요."

"고마워. 역시 인생에는 믿음직한 친구가 필요하구나."

"뭐, 미즈하나 난죠도 응원하고 있지만요."

"이 배신자!!"

"오오토리는 누군가 한 명의 편을 들 수가 없어요. 토키하라도, 다른 사람들도 정말 좋아하니까요."

코하루는 발이 넓어서 미즈하나 마오와도 사이가 좋았다.

그렇지 않아도 그녀들이 케이키에게 마음을 두고 있다는 것은 보면 알 수 있었다.

"그렇게 여자들에게 사랑을 받다니, 역시 서예부의 하렘 왕이네."

"후후, 키류라면 정말 하렘을 만들 수 있을 것 같아요."

"그건 안 돼."

"토키하라?"

"……케이키는 나만 봐줬으면 좋겠어."

그렇게 말하며 사유키는 끌어안은 베개에 입을 묻었다.

애처로운 친구의 모습에 코하루가 미소 지었다.

좋아하는 남자가 자신만을 좋아해 줬으면 좋겠다.

그건 여자라면 당연한 요구였다.

◇

사유키가 소녀 같은 마음을 토로하고 있을 때, 나가세 아이리는 인생의 절정기를 맞이하고 있었다.

"아앗, 설마 우리 집에 유이카를 초대할 수 있는 날이 올 줄이야!"

2학년들이 자연체험학습으로 부재중인 오늘, 부모님이 개인적인 일로 부재중인 타이밍을 노려 전부터 계획했던 유이카와의 파자마 파티를 개최했다.

"부끄러워해서 같이 욕실에 들어가진 못했지만 지금 정말 욕실에서 유이카가 샤워를 하고 있다고 생각하면 그건 그거대로 흥분이 돼……."

저녁 식사 후, 유이카를 욕실로 초대했지만 허무하게 실패.

혼자 외롭게 목욕을 끝내고 머리를 늘어뜨린 채 파자마로 갈아입은 아이리는 현재 자기 방에서 손님용 이불을 세팅 중이었다.

"좋아, 완벽해!"

이윽고 잠자리 준비가 완료되었다.

그때 때마침 파자마 차림의 유이카가 돌아왔다.

"욕실 잘 썼어, 고마워."

"응, 어서 와."

말할 것까지도 없이 코가 유이카는 귀여웠다.

금색 머리칼과 보석 같은 푸른 눈동자는 한숨이 나올 정도로 아름다웠고 서양인형을 연상시키는 사랑스러운 용모는 동성인 아이리도 무심코 넋을 잃고 바라볼 정도였다.

게다가 지금 유이카는 막 씻고 나온 상태.

습기가 남은 머리칼이나 상기된 뺨이 아이리를 참을 수 없게 만들었다.

"……저기, 유이카?"

"응?"

"가슴 좀 만져 봐도 돼?"

"될 리가 없잖아……."

바로 답하고 자그마한 가슴을 양손으로 가리면서 귀여운 친구가 입술을 삐죽였다.

"아이리는 가끔 상스러운 아저씨 같은 말을 하는 것 같아……."

"어머."

"칭찬하는 거 아니거든······."

성희롱에 여념이 없는 아이리를 향해 경멸스러운 시선을 보내는 유이카.

그 직후, 입에 손을 대고 사랑스럽게 하품을 흘렸다.

"이제 늦었으니까 그만 잘까?"

"그래."

"유이카는 침대를 쓰도록 해. 난 이불에서 잘게."

"역시 그건 미안하잖아."

"사양하지 마. 오늘 유이카는 손님이니까."

"······그럼 저기······ 절충해서 같이 잘래?"

"······뭐?"

정말 오늘은 행운의 날인 듯했다.

하룻밤을 함께 보내러 와준 것만으로도 기뻤는데 같이 침대에 누워서 잠들다니, 너무 행복해서 승천해버릴 것 같았다.

이런 기회는 두 번 다시 없을지도 모른다.

유이카의 마음이 변하기 전에 아이리는 그녀와 침대 속으로 들어갔다.

"······나란히 누워보니 역시 좀 좁네."

"역시 아이라는 이불에서 자는 게 좋겠어."

"에헤헤, 싫어!"

확실히 좁았지만 유이카의 체온을 느낄 수 있어서 행복했다.

"······저기, 유이카?"

"왜?"

"유이카는 키류 선배의 어떤 모습에 끌렸어?"

"뭐? 갑자기 무슨 말이야?"

"파자마 파티 하면 빠질 수 없는 게 연애 이야기잖아?"

"연애 이야기라니······ 케이키 선배는 단순한 노예 후보야."

"정말? 연애 감정은 없어?"

"······어, 없어."

"아, 지금 잠시 머뭇거렸잖아."

"그건 아이리가 이상한 말을 하니까 그런 거고! 케이키 선배는 정말 단순한 노예 후보야."

"후후. 그럼 그런 걸로 해줄게."

"대체 뭐야? 그 내려다보는 듯한 시선은······."

약간 심하게 놀린 듯 유이카가 툴툴거리며 볼을 부풀렸다.

그런 표정 또한 귀여웠지만 지적하면 정말 화를 낼 것 같아 자중했다.

"아니, 그러는 아이리는 어때?"

"나?"

"처음에는 케이키 선배를 괜스레 싫어했으면서 요즘은 사이가 좋잖아."

"음······ 확실히 싫지는 않지만 그런 것과는 다르달까."

"그래?"

"응, 좋은 사람이라고는 생각해."

인정하고 싶지 않지만 아이리도 그는 신용하고 있었다.

아마, 남자들 중에서는 단연 톱이겠지.

착하고, 대화하기 쉽고, 존경도 하고 있었다.

다만 그게 사랑이냐고 묻는다면 대답하긴 힘들었다.

"노예로 만들려고 해도 서두르지 않으면 다른 사람에게 빼앗길지도 몰라. 그 사람, 그렇게 보여도 꽤 인기가 많은 것 같던데."

"으윽……."

"혹시 합숙 중에 2학년의 누군가와 사귀게 될지도."

"여, 역시 그런 일은 없을 거야. 케이키 선배에게 그런 주변머리는 없거든."

"키류 선배는 그렇다 해도 다른 선배들은 다르잖아?"

"뭐?"

"요즘 아이들은 뭐든 빠르다고들 하니까 여자가 먼저 키류 선배에게 다가갈 가능성도……."

"말도 안 돼!! ……아, 하지만 짐작 가는 부분이……."

짐작 가는 데가 있는 듯했다.

"후지모토 선배도 굉장히 의심이 가고 마오 선배는 분명 흑심이 있을 거고 미즈하 선배에 이르러서는 케이키 선배가 좋다고 공언까지 했으니까……."

"아아, 미즈하 선배는 의붓여동생이라고 했지?"

그의 인간관계는 꽤나 복잡한 듯했다.

2학년 중에서만 골라도 3명의 여학생에게 노려지고 있었다.

확실히 문란한 사람은 아니었지만 난봉꾼인 것은 틀림없었다.

"뭐, 뭐, 누굴 고르든 케이키 선배의 자유니까. 유이카는 딱히 상관없어. 케이키 선배가 아니라 해도 유이카의 노예가 되고 싶다는 남자애들은 하늘의 별만큼 많으니까."

"정말?"

"……거짓말이야."

오만한 태도에서 180도 돌변.

지금이라도 울 것 같은 표정으로 유이카가 본심을 드러냈다.

"사실 다른 누군가가 아니라 유이카를 선택했으면 좋겠어."

"유이카……."

기특한 모습이 너무 귀여워서 참지 못하고 그녀를 끌어안았다.

"아, 아이리……?"

"……난 다시 태어나면 키류 선배가 되고 싶어."

"뭐?!"

딱히 유이카를 사랑한다거나 그런 건 아니었다.

다만 사랑하는 소녀 같은 유이카가 너무 사랑스러워서 그녀에게 이런 표정을 짓게 만드는 그 사람을 지독하게 질투하고 말았다.

◇

유카타 차림의 마오를 데리고 2층 휴게실을 방문한 케이키는 자판기에서 따뜻한 코코아를 2개 구입해 하나를 그녀에게 건넸다.

두 사람은 의자에 걸터앉았고, 코코아를 한 입 마신 마오가 입을 뗐다.

"그래서, 할 말이라는 게 뭐야?"

"오늘 일, 오해를 제대로 풀고 싶어서."

"딱히 지금은 화 안 났는데."

"정말?"

"팬티 범인이 미즈하였지? 본인한테 들었어."

"맞아."

"다만 네가 냄새 페티시스트라는 의혹은 아직 풀리지 않았지만."

"아니, 뭐, 의심받아도 별수 없는 짓을 했으니까. 후지모토와의 일에 대해서는 사정이 있어서 제대로 설명할 순 없지만 내가 냄새 페티시스트가 아니라는 것만은 단언해둘게."

냄새 페티시스트는 오히려 아야노라는 사실은 덮어뒀다.

자신의 결백을 증명하기 위해서라 해도 멋대로 폭로할 순 없었다.

"그런 어중간한 변명으로 잘도 오해라고 말하네."

"으윽……."

"뭐, 키류가 잘 휘말리는 체질이라는 건 알고 있으니까. 조건에 따라서는 믿어줄 수 없는 것도 아니지만."

"조건이라니?"

"내일 밤에 캠프파이어가 있지?"

"그래, 그런 것도 있었지."

안내문에도 쓰여 있었고 사람들 말로는 꽤나 성대한 이벤트라고 했다.

"그때, 희망자가 치크댄스를 춘다던데."

"아아, 그 두 명이 커플이 돼서 추는 그거?"

"그거 나랑 하자."

"뭐?"

자신도 모르게 마오를 바라보자 그녀는 툴툴거리는 표정으로.

"왜? 벌써 다른 사람이랑 약속했어? 아니면 상대가 나라서 싫어?"

"둘 다 아닌데…… 그런 건 커플 한정 이벤트 아니었어?"

커플이거나 친구 이상 연인 미만의 남녀이거나, 혹은 웃기기 위해 나서는 동성 커플이 주된 참가자로 학교의 계층 구조 상위에 위치하는 리얼충들이 음악에 맞춰 추는 춤이었다.

혹여 여자와 참가라도 하면 틀림없이 놀림 받을 것이다.

그런 케이키의 생각을 읽은 것인지 얼굴을 붉힌 마오가 당황한 듯 말했다.

"차, 착각하지 마. 나랑 춤을 주면 너에게 다른 여자애들이 다가오지 못하게 될 테니까 동인지 소재를 위한 거지, 그 이외의 의미 따윈 없어."

"과연, 그런 거였어?"

마오는 케이키가 여자와 사귀는 걸 반대하고 있었다.

그 이유는 BL 만화 소재 수집에 지장이 생기기 때문으로, 케이키의 연애를 방해하기 위해 서예부에 들어온 걸 생각하면 어떤 의미로는 대단했다.

마오와 춤을 추면 확실히 소문이 나겠지만 하렘왕에게는 새삼스럽지도 않은 일이었다.

"알았어. 그 방향으로 가자."

"약속했다?!"

그렇게 거듭 확인한 그녀가 떠날 때 기분 좋게 미소를 짓고 있었던 건 무슨 의미였을까?

수수께끼는 풀리지 않은 채 자연체험학습 첫째 날 밤은 깊어가고 있었다.

체험학습 둘째 날은 첫날과 비교하면 평온하게 지나갔다.

기상 후 숙소 식당에서 조식을 먹고 소화를 돕기 위해 숲속을 하이킹한 후 12시 30분을 지난 지금은 절찬 런치 타임 중이었는데⋯⋯.

"너무 많이 먹었네⋯⋯."

야외 바비큐라 6조 멤버들과 오로지 고기와 채소를 먹은 결과, 배가 빵빵해진 케이키는 벤치에 앉아 잠시 휴식을 취하고 있었다.

배를 어루만지며 바비큐를 즐기는 동급생들을 지켜보고 있는데 풍성한 긴 머리를 자랑하듯 흩날리며 메구미가 다가왔다.

"키류는 더 안 먹어요?"

"잠깐 휴식 중. 난죠가 계속 고기를 접시에 올려줘서."

"아하하, 나도 당했어요. 난죠는 정말 엄마 같다니까요~."

미소를 지으며 말하곤 그녀도 같은 벤치에 앉았다.

너무 멀지도 가깝지도 않은 절묘한 거리에.

참고로 오늘 그녀는 보이시한 팬츠 룩 차림을 하고 있었다.

"그러고 보니, 오늘 밤엔 캠프파이어가 있네요."

"으응, 마침 이 근처에서 하는 것 같던데."

"댄스 시간도 있는 것 같던데 키류는 누군가랑 춤을 출 거예요?"

"일단 난죠랑 약속했어."

"응? 난죠랑? 키류가 제안한 거예요?"

"아니, 난죠가."

"흐음ㅡ, 난죠가…… 그렇군요……."

사정을 들은 메구미가 뭔가 히죽거렸다.

"뭐야? 그 얼굴은?"

"아뇨, 아뇨, 그냥. 다만 만화연구부 선배한테 재미있는 이야기를 들었거든요."

"재미있는 이야기?"

"실은 말이죠ㅡ."

은밀한 이야기를 하듯 메구미가 케이키 쪽으로 몸을 당겨 귓속말을 건넸다.

"ㅡ이 합숙 캠프파이어에서 춤을 춘 남녀는 미래에 꽤 높은 확률로 맺어진다고 해요."

"흐ㅡ음, 그렇구나."

"어라? 생각보다 반응이 약하네요?"

"뭐, 실제 연인이 있다면 흥분할 화제라고 생각하지만. 난 17년 동안 여자친구가 없었던 독신의 몸이니까."

"그건 정말 꿈도 희망도 없는 이야기네요."

"오니즈카는 꽤나 거침없이 이야기하는 스타일이네."

참고로 여자친구는 수시 모집 중입니다.

"하지만 키류는 흥미가 없어도 난죠는 다를지도 모르잖아
요?"

"응? 무슨 의미야?"

"정말, 둔하다니까. 그러니까 난죠가 그 소문을 알고 춤
을 신청했다면 키류에게 마음이 있다는 뜻 아니겠어요?"

"뭐……?"

순간 사고가 정지됐다.

"……그렇게 되는 거야?"

"평범하게 생각하면 그렇죠."

"진짜야……?"

메구미 왈, 캠프파이어에서 춤을 춘 커플은 높은 확률로
맺어진다고 한다.

핑크 팬티로 고백 성공률을 높인다는 징크스도 있었고 케
이키가 다니는 고등학교에선 그러한 이야기로 넘쳐나는 듯
했다.

(난죠는 그런 소문을 알고 나에게 춤을 신청했을까? ……아
니, 하지만 본인은 동인지 소재 수집을 위해서라고 했고…….)

BL 소재의 안정적인 공급을 위해, 다른 여자가 케이키에
게 구애하는 걸 막기 위한 연막이라고 했다.

그녀를 움직이게 하는 건 BL 만화에 대한 정열이며 케이
키는 남자가 서로 사랑하는 모습을 그리기 위한 모델로서
소중히 여기고 있는 것뿐.

그러니 그녀가 케이키에게 집착하는 이유는 연애 감정 같은 게 아니라고.

그렇게 생각했는데 과연 정말 그럴까?

정말 그런 이유로 남자에게 댄스 신청을 할까?

머릿속에서 '키류에게 마음이 있다는 뜻 아닐까요?'라는 메구미의 대사가 몇 번이나 리플레이됐다.

"내가 보기에 난죠는 좋아하는 사람에게는 정말 최선을 다하는 타입 같던데."

"그, 그래?"

"결혼 상대로 추천할 수 있는 사람이니까 노리고 있다면 놓치지 말아요."

"아니, 노리는 거 아니거든."

아무래도 여자들은 뭐든 연애와 연결하는 것 같았다.

마오의 진의도 메구미의 상상에 지나지 않으니 일단 그녀의 이야기는 잊기로 했다.

"뭐, 하지만 춤을 출 상대가 있는 것만으로도 좋다고 생각해요."

"그렇다는 건 오니즈카에겐 상대가 없다는 뜻?"

"훗, 맞아요……. 오타쿠 서클의 공주님이라고 만화연구부 남자애들이 떠받들어주지만 그 실태는 모태솔로인 비 리얼충이죠……! 태어난 이후 계속 외로운 독신이었는데 무슨 불만 있어요?!"

"뭔가 미안⋯⋯."

거칠어진 독신 여성을 어떻게든 달래려는데 메구미가 점심을 즐기는 동급생들에게로 시선을 돌려버렸다.

그곳에는 남의 눈 신경 쓰지 않고 구운 고기를 서로 먹여주는 커플이 있었고 그걸 본 메구미는 시시한 듯 눈썹을 찡그렸다.

"⋯⋯정말 부러워요. 다른 사람들 앞에서 당당하게 애정 표현을 할 수 있는 사람들이."

"뭐⋯⋯?"

"바보 커플은 폭발하면 좋을 텐데⋯⋯."

"오니즈카?!"

"⋯⋯농담이에요."

의미심장한 대사를 마음껏 내뱉고는 아무 일 없었던 것처럼 메구미가 벤치에서 일어섰다.

"난 슬슬 가볼게요! 육식계 여자로서 배 터지게 먹어야 하거든요!"

"아, 으응⋯⋯힘내."

바비큐라는 이름의 전장으로 돌아가는 육식계 여성을 배웅했다.

"오니즈카는 바보 커플들에게 무슨 원한이라도 있는 걸까⋯⋯?"

케이키도 가끔 리얼충은 폭발했으면 좋겠다고 생각한 적

은 있지만 메구미의 그것은 좀 더 강한 감정이 담겨져 있는 것 같았다.

그리고 그때, 메구미와 교대로 미오가 다가왔다.

"안녕."

"오오―, 난죠도 먹다가 쉬려고 왔어?"

"응. 오니즈카랑 무슨 이야기했어?"

"여러 가지 이야기를 나눴는데 요약하면 리얼충은 폭발하라는 걸로 결론이 났어."

"응? 무슨 말인지 모르겠는데."

동감입니다.

"그것보다 키류, 오늘 밤 약속, 기억하고 있지?"

"치크 댄스 말이지? 물론 기억하고 있어."

"그래? 그럼 됐어."

쿨한 어조로 말하고 등을 보인 마오가 어깨 너머로 시선을 보내왔다.

"키류도 슬슬 돌아가지 않으면 고기가 다 없어질 거야."

"그래, 알았어."

"아, 그리고 말이지―."

무언가가 떠오른 듯 돌아서는 마오.

양손을 등 뒤로 돌린 채 장난스러운 미소로 말했다.

"난 키류랑 춤추는 걸 기대하고 있어!"

"뭐어?!"

놀리는 건지 진심인지 판단이 서지 않는 일격을 가하고 기분 좋은 상태로 그녀는 6조 구역으로 돌아갔다.

"……방금 그건 반칙이잖아."

뜻밖의 기습에 두근거리는 가슴으로 케이키는 메구미의 이야기를 떠올렸다.

체험학습 캠프파이어에서 춤을 춘 남녀는 맺어진다는 소문.

그 일을 마오는 역시 알고 있을까?

혹시 알고 있다면 메구미의 말대로 그녀는 케이키를──.

"아니, 아니, 아니, 어차피 또 변태적인 상황으로 끝날 거야."

여자들의 의미심장한 태도는 대체로 변태 행위의 복선이었다.

그렇게 부정하면서도 케이키의 얼굴은 바비큐의 석쇠처럼 빨개졌다.

그렇게 맞이한 저녁시간, 케이키는 쇼마와 1층 로비 소파에서 느긋하게 쉬고 있었다.

해가 저문 밖에서는 선생님들과 담당 학생들이 캠프파이어를 준비 중이었고 로비에는 그들 이외에도 이벤트 개시를 기다리는 학생들이 드문드문 모여 있었다.

그런 휴식 공간에서 쇼마가 '하아' 하고 나른한 한숨을 내쉬었다.

"모처럼의 캠프파이어에 왜 코하루가 없는 거야."

"학년이 다르니까 어쩔 수 없잖아."

"그러는 케이키는 마오랑 춤을 춘다며?"

"그래, 그렇게 약속했어."

"코하루 대신 뭣하면 케이키랑 춤추려고 했는데 아쉽다."

"그 벌칙으로 기뻐하는 건 난죠뿐일걸."

남자 둘이서 시시한 이야기를 나누고 있는데 주머니 속에서 스마트폰이 울렸다.

"오오, 미즈하네. 뭐지, 뭐지⋯⋯응? 으으응?!"

메시지를 열어보니 한 장의 사진이 첨부되어 있었다.

거기 찍힌 건 익숙한 회색 속옷을 입은 아니, 오히려 몸에 속옷밖에 걸치지 않은 미즈하의 망측한 모습.

그리고 사진과 함께 곁들여진 메시지는 이랬다.

『느낌 좋은 탈의 스팟을 찾은 기념으로 스트립쇼를 개최 중입니다♪』

"뭐 하는 거야?!"

경악하는 오빠에게 재차 타격을 주려는 듯 새로운 메시지가 도착했다.

『모처럼이니까 실제로 오빠에게 보여주고 싶어.』

"뭐⋯⋯?"

『빨리 안 오면 이대로 전부 벗어버릴 거야.』

"너무 성급한 거 아니야?!"

여동생의 위험천만한 메시지는 멈추지 않았다.

"케이키? 왜 그래?"

"미안, 급한 일이 생겼어!"

"뭐? 캠프파이어는?"

"먼저 가 있어!"

스마트폰을 한손에 들고 서둘러 자리에서 일어난 케이키는 급하게 로비를 달려나갔다.

"제길, 그 노출마 녀석······!"

만약 누군가가 보기라도 하면 그냥 넘어갈 수 없을 것이다.

비극이 일어나기 전에 미즈하에게 옷을 입혀야 했다.

미즈하가 지정한 장소는 숙소 본간 통로 안쪽에 있었다.

평소에는 쓰지 않는 헛간인 듯, 잠기지 않은 문을 열고 침입하자 커다란 철제 선반이 늘어선 교실 정도 크기의 공간이 있었다.

"미즈하!"

"아, 오빠. 와줬구나."

상자가 쌓인 선반 틈을 지나 안으로 들어가자 사진과 같은 속옷 차림의 미즈하가 기다리고 있었다.

바로 옆에는 그녀가 벗었다고 여겨지는 옷이 깔끔하게 접혀 있었고 노출 플레이로 흥분한 탓인지 변태 소녀의 뺨은

117

이미 붉게 물들어 있었다.

"이거 기억해? 전에 오빠한테 골라 달라고 했던 속옷인데."

"잊을 리가 없잖아."

그래서 눈에 익은 것이었다.

미즈하가 입고 있는 회색 속옷은 여름방학에 그녀와 데이트를 했을 때, 케이키 자신이 골라준 것이었다.

"에헤헤. 승부 속옷, 오빠한테 들켰네."

"네가 보여준 거잖아……."

"이젠 어떻게 할까? 이대로 내가 직접 벗을까? 아니면 오빠가 벗겨줄래?"

"왜 그렇게 벗을 생각에 가득 찬 거야?!"

숨 쉬듯 속옷을 벗으려는 여동생 때문에 곤혹스럽기만 했다.

온리 브래지어와 팬티 차림의 망측한 모습에 가슴이 두근거렸지만 이런 장소에서 전라가 된다고 생각하면 조마조마했다.

"아무리 노출이 좋다고 해도 이런 장소에서 벗다니, 장난이 너무 심한 거 아니야?"

"흐흥, 이건 미인계야."

"미인계?"

"오늘 밤 캠프파이어에서 오빠가 마오랑 춤춘다고 들었으니까."

"그래, 그럴 예정인데······."

"그거, 나랑 췄으면 좋겠어."

"뭐?"

"나도 오빠랑 춤추고 싶어."

가슴에 손을 얹고 진지한 표정으로 미즈하가 그렇게 말했다.

"그 말을 하려고 일부러 불러낸 거야?"

"아니, 오빠가 누군가랑 춤을 출 거라곤 생각 못 했고, 이제 여동생이라는 이유로 사양하고 싶지도 않단 말이야."

"미즈하······."

"게다가 이쯤에서 새롭게 의사표시를 하려고."

"의사표시?"

"오빠가 내 오빠라고."

"읏?!"

신경 쓰이는 이성을 댄스에 초대해 주위 사람들에게 이 녀석은 내 거라고 어필하기에 캠프파이어는 최적의 이벤트였다.

그에 더해서 아까 알게 된 징크스 이야기도 있었다.

그러니 사랑에 빠진 소녀가 폭거에 이르는 것도 무리가 아닌 일일지 모른다.

"그러니까 이쪽 요구가 받아들여지지 않을 경우에는 여기서 억지로 기정사실을 만드는 것도 불사할 생각이야."

"무슨 짓을 할 생각인데?!"

"무슨 짓을 할 것 같아?"

미즈하는 브래지어 중앙에 왼손 집게손가락을 걸고 팬티와 피부 틈새에 오른손 엄지를 넣었다.

조금만 손을 움직이면 금방이라도 속옷이 벗겨질 태세였다.

"자, 오빠, 여동생을 알몸으로 만들고 싶지 않다면 같이 춤추겠다고 약속해줘!"

"그건 미인계가 아니라 협박이잖아!!"

당연히 미즈하를 알몸으로 만들 수는 없었다.

하지만 여기서 고분고분 고개를 끄덕이면 테러에 굴복하는 것과 똑같았다.

재미를 붙인 미즈하가 앞으로도 이런 교섭 방법을 꺼내게 될지도 모르고.

(어제 일도 있고 이번에는 미즈하가 너무 심했어.)

그녀의 노출 취미는 도저히 용인할 수 있는 것이 아니었다.

노팬티만으로도 오빠의 정신을 소모하는데 공공시설에서의 전라 플레이까지 습득하게 되면 정말 감당할 수 없게 될 것이다.

(이건, 지금이야말로 『반면교사 작전』을 결행할 때가 온 거 아닐까?)

반면교사 작전은 유효했다.

사실, 아야노에게는 그럭저럭 효과가 있었다.

케이키가 변태가 되면 미즈하도 반성하게 될 것이다.

"에잇, 될 대로 돼라!"

"……응? 오, 오빠? 뭐 하는 거야……?!"

미즈하가 당황하는 것도 무리는 아니었다.

자신의 오빠가 갑자기 상의와 셔츠를 벗어던졌으니.

상반신을 드러낸 케이키는 자신의 바지에 손을 얹은 후 지퍼를 열고 단숨에 끌어내렸다.

이윽고 탄생한 건 트렁크 팬티 한 장의 심플한 변태였다.

"자, 나의 추태를 그 눈에 새기도록 해!!"

여동생 앞에서 고의로 속옷 차림을 보여주는 건 발뺌할 수 없는 레벨의 변태 행위.

그래도 미즈하가 자신의 변태적인 모습을 뉘우치고 참인간이 되어준다면 이 정도는 별것 아니었다.

하지만 현실은 그렇게 쉽게 흘러가지 않았다.

"……오빠도 드디어 그럴 마음이 생긴 거야?"

"응?"

웬일인지 미즈하는 몹시 감동한 모습으로 무언가를 기대하듯이 머뭇거리기 시작했다.

"사실은 댄스로 분위기가 좋아진 후에 할 예정이었는데 오빠에게 그럴 마음이 있다면 흔쾌히 응해줄 수 있어……."

"어, 어라?"

여동생 앞에서 팬티 한 장 차림이 되어 극혐 취급을 받고 노출광이 얼마나 구제할 길 없는 변태인지 깨닫게 해주려 했는데 아무래도 형세가 심상치 않은 방향으로 흘러가는 듯⋯⋯.

"처음은 침대 위에서 하길 바랐는데 이건 이거대로 맛이 있겠지."

"응? 저기⋯⋯ 미즈하 씨?"

"오늘은 준비도 제대로 했으니까 여러 가지로 안심일 거야."

"그게 무슨 말이야?!"

의미 불명이었지만 그녀가 불온한 말을 하고 있다는 건 알 수 있었다.

"응? 나랑 하고 싶어서 벗은 거잖아?"

"뭐어?!"

"온천 여관이라면 오빠도 개방적인 기분이 들 것 같아서 여러 가지를 시험해봤는데 성공해서 다행이야."

"여러 가지라니⋯⋯설마, 간호사 복장으로 깨우러 오고, 가방 속에 팬티를 넣고, 치마 올리는 동영상을 찍게 한 게 그것 때문이었어?"

"응, 오빠를 흥분시켜서 맛있게 먹을 생각이었지♪"

"대체 무슨 짓을 한 거야⋯⋯?"

모든 것은 오빠를 성적으로 흥분시키기 위한 복선이었다.

호시탐탐 오빠의 몸을 노리다니, 여동생이 너무 육식이라 곤란했다.

"그러니까 오빠? 귀여운 여동생이란 좋은 거 하자?"

"뭐야, 이 전개는?!"

처음에는 비교적 얌전해서 잊고 있었지만 미즈하는 의외로 성에 대해 적극적이었다.

신변의 위험을 감지했지만 팬티 한 장의 변태 스타일로는 도주도 할 수 없었다.

이 모습을 제삼자가 보기라도 하면 학교에 있을 수 없게 될 것이다.

"부탁이야, 오빠. 난 이제 못 참겠어…… 몸이 엄청 뜨거워……."

"으에엣?!"

미즈하가 촉촉한 눈으로 바라보자 머리가 끓어올랐다.

"오빠……."

"으아아아앗?!"

소리 없이 불쑥 다가온 미즈하가 케이키의 몸에 매달렸다.

게다가 어리광부리듯 부비부비 뺨을 문질러서 참을 수 없었다.

평소라면 좀 격한 스킨십이라는 변명이 통하겠지만 지금은 서로 속옷만 입은 반라 상태.

필수 장비만 휴대한 상태해서 밀착한 모습은 완전히 행위

직전의 커플 같았다.

(내 복부에 엄청 부드러운 감촉이……?!)

눌러대는 가슴의 볼륨감은 정말 압권이었다.

평범한 남자라면 이것만으로도 함락될 만한 위력이었다.

이대로면 진짜 여동생에게 잡아먹히고 말 것이다.

동정이 동정 졸업을 각오하기 시작한 그때,

"……어라?"

케이키는 미즈하의 상태가 이상하다는 걸 깨달았다.

아무리 시간이 지나도 허그 이상의 추격은 없었다.

몇 초 전까진 그렇게나 적극적이었는데 그 이상은 아무것도 하지 않고 오빠에게 기댄 채 움직임을 멈추고 말았다.

"……미즈하?"

"……."

말을 걸어도 대답 없이 눈을 감고 축 늘어져 있었다.

게다가 왠지 숨소리가 거친 것 같기도…….

"미즈하……? 어이, 미즈하?!"

생각지도 못한 비상사태.

서둘러 미즈하의 몸을 껴안고 그 이마에 손을 올렸다.

"……뜨거워."

손으로 전해지는 그녀의 체온은 아플 정도로 뜨거웠다.

숙소 3층에 있는 한 객실.

다다미 위에는 이불이 하나 깔려 있었고 파자마로 갈아입은 미즈하가 누워 있었다.

눈을 감은 그녀는 괴로워 보였고 붉어진 뺨이 체온이 높다는 걸 이야기해주고 있었다.

"열은 있지만 약을 먹였으니까 금방 좋아질 거야."

"그런가요……?"

이불 곁에 앉은 케이키에게 그렇게 말한 건 타치바나 카오리 선생님이었다.

연하 남자친구가 있는 28세 양호교사였다.

"죄송합니다, 타치바나 선생님. 무리한 걸 부탁드려서."

"이 정도는 별것 아니야. 오빠가 직접 간호하고 싶다니, 너무 귀엽잖아."

그 이후 서둘러 미즈하에게 옷을 입힌 케이키는 쇼마에게 연락해 선생님을 불렀다.

달려온 타치바나 선생님의 지시대로 열이 난 미즈하를 방으로 옮기기로 했지만 다른 학생들에게 감기를 옮겨선 안 되기 때문에 특별히 개인실을 사용하게 되었다.

그리고 케이키 자신이 희망해서 미즈하를 간호하기로 한 것이다.

남학생의 3층 출입은 금지되어 있지만 그것도 특별히 허가를 받았다.

"알고 있겠지만 다른 여학생들 방에 들어가면 안 된다."

"알고 있습니다."

"아아, 그리고 숙소 직원에게는 이야기를 해둘 테니까 안정이 되면 키류도 씻도록 해."

"알겠습니다."

"그럼 난 방으로 돌아갈 테니까 무슨 일 있으면 사양 말고 불러."

"네. 감사합니다."

상냥한 미소로 고개를 끄덕이며 카오리가 방을 나갔다.

미즈하에게로 시선을 돌리자 눈을 뜬 그녀가 미안하다는 듯이 말했다.

"미안해, 오빠……."

"괜찮아. 열이 난 건 어쩔 수 없는 일이니까."

"하지만 마오랑 약속했잖아."

"아까 연락했으니까 괜찮아. 다음에 내가 보충하면 돼."

지금쯤, 밖에서는 캠프파이어가 한창이겠지.

참가 못하는 건 아쉽지만 지금은 미즈하가 더 중요했다.

(그야, 이렇게 추운 시기에 밖에서 배를 다 드러내고 속옷 차림으로 돌아다녔으니 감기에 걸리는 게 당연하지.)

다시 생각해보니 계속 몸을 차갑게 하는 짓만 한 것 같다.

이 일로 질려서 당분간 노출 플레이는 자중했으면 좋겠는데.

"그것보다 몸 상태는 어때?"

"……머리가 징징 울려."

"열 때문이야. 오빠가 대신 아프면 좋을 텐데……."

"오빠는 정말 동생 바보구나."

평소와 다름없는 대화에 미즈하가 살짝 미소를 지었다.

"……오빠?"

"응?"

"샤워하고 싶어."

"샤워는 안 돼. 열이 더 오를 테니까."

"하지만 땀이 나서 기분 나쁘단 말이야."

"몸을 닦아줄 테니까 오늘은 그걸로 참아."

"……응, 알았어."

결벽증인 미즈하로서는 괴롭겠지만 열이 있으니 어쩔 수 없었다.

적어도 땀만이라도 닦아주려고 세면기에 따뜻한 물과 수건을 준비했다.

"자, 준비 다 됐으니까 파자마 벗어."

"응……."

이불 위에서 미즈하가 느릿느릿 몸을 일으켰다.

그 자리에 털썩 주저앉아 오빠에게 등을 돌린 후 위태로운 손길로 단추를 풀고 파자마를 벗었다.

"……."

지금까지 미즈하가 감기에 걸린 적은 몇 번인가 있었다.

집에서도 늘 단둘이 지내는 가정환경 탓에 씻지 못할 때는 이렇게 땀을 닦아주는 일도 당연히 있었다.

(전에는 딱히 아무렇지도 않았는데…….)

그런데 왜지?

여성스럽고 가냘픈 어깨나 같은 인간이라고는 생각할 수 없는 매끄러운 피부, 그녀가 풍기는 여성스러움에 넋을 잃고 바라보고만 있었다.

"……오빠?"

"응?"

"왜 그래?"

"아아, 미안……아무것도 아니야."

멍하게 있을 때가 아니었다.

지금 미즈하는 아픈 사람이었다. 몸이 식기 전에 닦아줘야 했다.

"그럼 닦는다."

"부탁할게."

따뜻한 물에 담갔다 물기를 꼭 짠 수건으로 미즈하의 등을 닦았다.

"아웃…… 오빠, 간지러워."

"참아."

여자아이는 날씬해서 시작하면 금방 끝날 것 같았다.

등을 닦는 데에도 시간이 별로 걸리지 않았다.

"자, 끝났어."

"응, 고마워."

감사를 표한 미즈하가 놀리는 듯한 말투로 말을 이었다.

"앞쪽은 안 해줄 거야?"

"앞쪽은 직접 해."

"네—에."

수건을 건네자 그녀가 꼼꼼하게 앞쪽을 닦아나갔다.

역시 몸이 안 좋은 듯 시간이 좀 걸렸지만 겨우 개운해진
건지 만족스럽게 한숨을 내쉬었다.

미즈하는 그대로 파자마를 입으려고 했지만 열 때문인지
단추를 잠그는 데에 고전하고 있었기 때문에 그건 대신 해
주었다.

"이걸로 됐다."

"고마워."

"별말씀을. 자, 이제 그만 누워."

"응······."

몸을 일으키고 있는 것도 괴로웠겠지.

다시 이불 위에 누워 미즈하가 깊은 한숨을 내쉬었다.

"······오빠?"

"응?"

"내가 잠들 때까지······ 손, 잡아줄래?"

"그래, 좋아."

감기에 걸렸을 때, 미즈하는 평소보다 좀 응석꾸러기가 된다.

그녀의 요구에 따르자 그녀는 안심한 듯 눈을 가늘게 떴다.

"빨리 좋아져야 하니까 오늘은 그만 자."

"응······역시 잠들고 싶지 않아······."

"그 마음은?"

"일어나 있으면 계속 손을 잡고 있을 수 있으니까."

"됐으니까 얼른 자."

"네에."

어린애처럼 대답하고 이번에야말로 미즈하가 눈을 감았다.

그 이후 얼마 지나지 않아 그녀는 조용히 숨소리를 내기 시작했다.

"······잘 자, 미즈하."

깨지 않도록 살며시 미즈하의 머리를 쓰다듬었다.

사랑하는 여동생의 잠든 얼굴은 조심스레 말하자면 천사 같았다.

미즈하가 잠에 빠진 지 얼마나 지났을까.

시계를 확인하니, 시각은 오전 0시를 지나고 있었고 소등 시간은 훨씬 전에 끝나 있었다.

"자기 전에 씻을까?"

미즈하가 걱정돼서 계속 잠든 모습을 지켜보고 있었지만 이제 그만 본인도 쉬지 않으면 아침에 일어나기 힘들 것 같았다.

잠든 여동생을 남겨두고 방에서 나온 케이키는 2층 방에 들러 쇼마를 깨우지 않도록 조심스레 갈아입을 옷을 확보해서 1층에 있는 욕실로 이동했다.

아무도 없는 탈의실에서 옷을 벗고 허리에 수건을 두른 다음 탕 안으로.

꼼꼼하게 몸을 씻고 만반의 준비를 한 후 노천탕으로 향했다.

뜨거운 물에 어깨까지 몸을 담그자 차가운 바깥 공기에 드러났던 피부에 온천의 뜨거움이 단숨에 퍼졌다.

"이건 사치스러움의 극치구나……."

친구들과 이야기하면서 즐기는 온천도 좋지만 혼자 조용히 몸을 담그는 것도 나쁘지 않았다.

12월을 눈앞에 둔 산속의 밤은 맨몸으로는 역시 추웠지만 이 개방감은 좀처럼 맛볼 수 있는 것은 아닐 것이다.

그렇게 넓은 노천온천을 만끽하고 있는데,

"……응?"

드르륵 드르륵 소리를 내며 노천탕 미닫이가 천천히 열

렸다.

"뭐지? 누가 왔나?"

이미 소등 시간은 지난 후였다.

숙소 자체를 학교가 전부 빌렸기 때문에 일반인 숙박객은 없을 텐데.

그렇다면 생각할 수 있는 건 온천이 너무 좋아서 몰래 씻으러 온 남학생이거나 선생님, 혹은 숙소 종업원 중 한 명일 것이다.

"……응?"

하지만 그 예상은 전부 빗나가고 말았다.

통째로 전세를 낸 상태의 노천탕에 나타난 건 밤색 머리칼을 둥글게 묶고 몸에 목욕 수건을 두른 난죠 마오였다.

"난죠?!"

"……안녕."

남탕에, 들어왔는데, 여자 난입.

힐링의 공간이 한순간에 사건 현장으로 바뀌었다.

역시 좀 부끄러운 것인지, 자꾸만 목욕 수건으로 가린 앞가슴 부분이나 아랫부분을 신경 쓰며 꼼지락거리고 있는 모습이 귀여웠지만 솔직히 그런 걸 생각할 때가 아니었다.

"너, 여기가 남탕이라는 걸 알면서 이런 행패를 부리는 거야?!"

"물론 알지만 키류가 노천탕으로 향하는 게 우연히 보여서. 모처럼이니까 같이 씻으려고."

"그게 무슨 소리야?! 누가 오면 어쩌려고?!"

"뭐 어때? 입구에 청소 중이라는 간판도 세워뒀는데."

"그런 아니꼬운 위조공작을……."

"이제 다들 잘 시간이니까 괜찮지? 추우니까 들어가게
해줘."

"뭐? ……잠깐만?!"

대답도 기다리지 않고 따뜻한 물을 한 번 끼얹은 마오가
탕에 몸을 담갔다.

그리고 당연하다는 듯 케이키 바로 옆에 앉았다.

"……하아, 기분 좋다."

"그, 그러네요……."

자신도 모르게 경어로 응수하고 말았다.

너무 혼란스러워서 머리가 잘 돌아가지 않았다.

(뭐야? 이 상황은? 왜 내가 난죠랑 온천에 들어와 있는 거
지?)

남탕에 여자 동급생이 있는 상황이 너무 의문스러웠다.

이미 심야라고 해도 좋을 시간대라 마오가 말한 대로 학
생들은 물론 교사들도 다들 꿈속에 있겠지만 그렇다 해도
남탕에 난입한 의미를 이해할 수 없었다.

"……너무 이쪽을 쳐다보지 마. 수건을 둘렀다고 해도 알
몸이니까."

"온천에서 수건은 매너 위반 아닌가……?"

"뭐라고 했어?"

"아니, 아무것도."

오히려 수건이 없었다면 곤란한 건 케이키 쪽이었다.

밤이라 바깥은 어두웠지만 조명은 가동되고 있었기 때문에 시야는 양호했다.

그래서 힐끔 곁눈질하면 수건으로 전부 가려지지 않은 가슴골을 볼 수 있었다.

그 반면, 바로 곁에 알몸의 여자아이가 있다는 건 역시 진정이 되지 않았다.

혼욕에 동경이 없었다고 한다면 거짓말이겠지만 실제로 체험해보니 너무 긴장돼서 전혀 즐겁지 않았다.

"……몇 번이나 말했지만 여긴 남탕이야. 대체 목적이 뭐야?"

"목적이랄 것도 없는데……."

"설마, 그림 자료용으로 나의 나체를 관찰하러 온 거야?"

"솔직히, 그건 엄청 해보고 싶어."

"이 변태!"

"바보 아니야? 뭐, 부정은 안 하겠지만."

"안 하는 거냐?"

"변태가 아니었다면 BL 만화도 안 그렸겠지."

"아, 그렇군요."

납득할 만한 이유였다.

"그러고 보니 미즈하는 괜찮아?"

"으응. 아직 열은 좀 있지만 푹 잠들었으니까 괜찮을 거야."

"그래……?"

안심한 듯 마오가 한숨을 내쉬었다.

미즈하가 아프다는 사실은 전했으니까 걱정해준 거겠지.

"……저기, 난죠."

"왜?"

"난죠와의 약속, 못 지켜서 미안해."

"별로 신경 안 써. 여동생이 쓰러졌다는데 태평하게 춤을 출 순 없잖아."

미즈하의 컨디션 불량이 발각된 이후 케이키는 마오에게 연락을 취했다.

문자로 캠프파이어에 참가할 수 없다고 전하고 약속을 지키지 못한 것을 사과하자 지금처럼 상냥한 말을 건네주었다.

"춤을 추진 않았지만 나름대로 즐거웠어. 그렇게 성대하게 불을 피울 일이 좀처럼 없잖아. 아키야마랑 오니즈카는 다정한 커플들을 저주했지만."

"그래……?"

"뭐, 누구 씨랑 춤추지 못한 건 좀 아쉽긴 해."

"으, 으응…….."

"약속한 상대에게 바람맞고 혼자 캠프파이어를 지켜보는 게 생각보다 쓸쓸하기도 했고 아니기도 했고."

"미안……."

"아하하, 농담이야. 진짜 화내는 거 아니야."

"진짜야……?"

합숙 중에 대부분 화가 나 있었기 때문에 미소를 신용할 수 없었다.

"다음에 어떻게든 보상할게."

"딱히 괜찮은데."

"아니, 그럼 내 마음이 편치 않을 것 같아."

"키류는 이상한 부분에서 완고하다니까."

싫증 내면서도 어딘가 기쁜 듯 마오가 미소 지었다.

"그럼 지금 춤추지 않을래?"

"춤추다니…… 여기서?"

"뭐 어때? 어차피 아무도 없잖아."

"그건 그렇지만, 애초에 여자애들한테 보여주려는 게 목적 아니었어?"

동인지 소재 수집을 위해 케이키가 다른 여자애들과 사귀는 건 용납할 수 없다.

그게 난죠 마오의 기본적인 태도였다.

같이 춤추기로 약속한 것도 여자애들이 구애하지 않도록

방패막이가 된다는 이야기였지, 관객이 없는 이 장소에서 춤을 출 이유 따위 없을 텐데······.

"이유가 없으면 나랑 춤추는 건 싫어······?"

슬픈 얼굴로 그런 말을 하면 NO라고 대답할 수 없잖아.

"알았어, 그럼 춤출까?"

그녀의 말대로 노천탕엔 두 사람밖에 없었다.

댄스가 서툴다 해도 누군가가 볼 걱정도 없었다.

"아, 하지만 키류도 수건을 꼼꼼하게 감아야 해."

"당연하지."

노출마로 변했을 때도 팬티만은 사수했던 남자였다.

여자에게 다리 사이를 보이는 취미는 없었기 때문에 부리나케 허리에 수건을 둘렀다.

서로 수건 한 장만 걸친 모습으로 그 자리에서 일어난 두 사람은 마주 보았다.

"뭐야, 너무 빤히 보지 마······."

"이 상황에서 그런 말을 하는 거야?"

"그럼 좀 갑작스럽긴 하지만······."

"으, 으응······."

누가 먼저랄 것도 없이 손을 맞잡고 두 사람은 조용히 춤추기 시작했다.

"움직이기가 힘드네."

"노천탕 안이니까."

"스텝은 이게 맞는 거야?"

"그런 건 대충 해도 돼."

이야기를 나누면서 한 걸음, 한 걸음, 천천히 스텝을 밟았다.

이곳에는 밤하늘을 비추는 캠프파이어도, 무대를 장식하는 음악도 없었다.

두 사람 모두 경험이 없기 때문에 분명 굉장히 세련되지 못한 댄스였을 것이다.

그래도―.

"우리, 이렇게 야심한 밤에 뭐 하는 거지?"

"진짜."

"하지만 즐거운데."

"그러게."

노천탕에서 여자아이와 춤을 추다니, 냉정하게 생각해보면 터무니없는 일이었다.

그런데도 이상하게 기분은 나쁘지 않았다.

댄스에 재미를 붙인 마오는 즐거워 보였고 둘이서 볼품없는 스텝을 밟을 때마다 둥실둥실 마음이 설렜다.

"처음 치고는 꽤 그럴듯하지 않아?"

"단언할 수 있는데 그건 아니야."

한바탕 춤을 춘 후, 몸을 뗀 두 사람은 그런 대화를 나누었다.

"하지만 좀 개운해졌어. 합숙 중에 계속 답답했거든."

"답답해?"

"키류가 첫날부터 미즈하나 부회장이랑 붙어있었잖아? 내가 필사적으로 너와의 거리를 좁히려고 하는데, 다른 애들이랑 친해지면 울컥하지 않겠어?"

"……뭐?"

아무것도 아닌 듯한 대사에 섞여 있는 폭탄.

그걸 지적하기 전에 그녀는 다시 말을 더했다.

"알고 있겠지만 난 BL 책을 그릴 때가 가장 즐거웠어. 좋아하는 걸 마음대로 표현할 수 있다는 건 최고의 사치라고 생각해."

"아, 으응……."

"하지만 키류와 있으면, 그것도 그림 그릴 때처럼 즐거워."

"그건……."

"키류는?"

"뭐?"

"키류는 날…… 어떻게 생각해?"

그건 기이하게도 어젯밤 쇼마가 한 것과 같은 질문이었다.

난죠 마오를 한마디로 표현하자면 노력가였고, 좋아하는 일에 최선을 다하고 쌀쌀맞아 보이지만 착하고, 그런 갭이 귀여운 자랑스러운 친구라고 생각한다.

"글쎄, 말하기 좀 어려운데……."

이런 생각을 말로 하긴 좀 쑥스러웠다.

하지만 여기서 도망치는 건 남자답지 못한 것 같고—.

"난죠의 수건이 조금만 있으면 벌어질 것 같다고 생각했어."

"뭐……?"

예상 밖의 대답에 마오가 눈을 똥그랗게 떴다.

춤을 추며 몸을 움직인 탓인지 그녀의 몸을 지키고 있는 수건의 앞가슴 부분이 이렇게, 절묘한 느낌으로 벗겨지려 하고 있었다.

"~~웃?!"

겨우 상황을 이해한 미오가 화르륵 얼굴을 빨갛게 물들였다.

그녀는 한 손으로 벌어진 수건을 붙잡고

"좀 더 빨리 말했어야지!"

또 다른 손으로 눈치 없는 남자의 가슴을 툭 밀었다.

"—응?"

멍청한 소리를 높인 직후, 성대하게 물소리를 내며 케이키가 엉덩방아를 찧었다.

"아, 미안…… 괜찮아?"

일으켜주려고 다가온 마오였지만 탕 안에서 케이키의 발에 걸려 이쪽도 성대하게 균형을 잃었다.

"꺄아악?!"

"으아앗?!"

결과, 먼저 쓰러진 남자 위에 포개어진 듯한 자세로 착지.

그 순간, 불행히도 그녀의 목욕 수건이 스르륵 벗겨졌고 서로의 피부가 직접적으로 닿았다.

"……."

"……."

엉덩방아를 찧고 손을 뒤로 돌린 상태로 굳어진 케이키.

그런 남자아이 위에 달라붙은 자세로 멈춰버린 마오.

한 번 더 말하지만 둘 다 알몸이었다.

그녀의 결코 작지 않은, 풍만하게 부푼 곳이 케이키의 가슴팍을 꽉 눌렀고 생생한 부드러움이 가차 없이 덮쳐왔다.

(이건, 곤란해……!!)

이 자극은 이성으로 어떻게 할 수 있는 레벨을 뛰어넘는 것이었다.

아주 노골적으로 말하자면, 섰다.

다리 사이에 축 늘어진 남자의 상징이 전투 준비를 시작하고 말았다.

"난죠! 미안한데 지금 당장 좀 비켜줘!"

"그렇게 화 안 내도 되잖아. 금방 비킬 테니까ㅡ, 응?"

"하웃?!"

마오가 몸을 떼려고 손을 움직인 순간, 그 비극은 일어나고 말았다.

"……응? 뭐야, 이 이상한 감촉은……?"

자신의 손에서 전해지는 미지의 감촉에 그녀는 눈썹을 찡그렸다.

　욕실 바닥을 짚으려 했던 그녀의 오른손은 무슨 막대기 모양의 부드럽고 탄력 있는 물체를 쥐고 있었다.

　(그건 나의 아들이거든요?!)

　쓰러진 순간 케이키의 수건도 벗겨지고 말았던 것이다.

　이렇게 드러나게 된 남성기에 하필이면 마오의 손이 닿고 말았다.

　게다가 그녀는 손을 떼려고도 하지 않고 정체를 확인하려는 듯 그 무언가를 주물거리기 시작했기 때문에 참을 수가 없었다.

　"으냐아아아아앗?!"

　"응? 뭐야? 너, 왜 이상한 소릴 내는 건데?"

　최대 약점인 곳에 난폭한 자극이 더해져 자신도 모르게 절규하는 피해자.

　그 모습을 본 마오는 드디어 자신이 쥐고 있는 것의 정체를 깨달았다.

　"……응? 이건 설마…… 키류의?!"

　정답이었다.

　그녀가 쥐고 있는 그것은 다름 아닌 적당히 반쯤 선 남자의 상징이었다.

　"잠깐, 거짓말이지?! ……아니, 이건 좀 크지 않아? 아니,

그런 것보다 내가 지금 키류의 키류를 꽉 쥐고……?!"

너무나 도가 지나친 사태에 대혼란.

튕겨 나가듯 몸을 떼고 근처에 떠 있던 수건을 주워들어 앞쪽을 가린 그녀는 불쌍해질 정도로 얼굴을 새빨갛게 물들였다.

입술을 굳게 닫은 마오가 경계하듯 시선을 케이키에게로 향했다.

"……왜 그런 짓을 한 거야?"

"이건 남자의 생리현상입니다. 어쩔 수 없는 일이라고요."

"흐—음? ……그건 날 상대로 흥분했다는 뜻이야?"

"뭐, 사실대로 말하자면……."

"그렇구나……."

"왠지, 미안……."

"……뭐, 괜찮아."

"응?"

"키류라면……싫지 않아……."

"뭐? 그게 무슨……."

의미심장한 발언에 당황한 케이키.

그에 반해 마오는 마오대로 머릿속이 터질 것 같았다.

(내가 무슨 소릴 한 거야?! 이런 건 그냥 좋아한다고 말한 거나 마찬가지잖아!)

그런 느낌으로 머릿속은 이미 패닉 상태.

냉정한 판단을 잃어버린 그녀는 한 가지 묘안을 생각해 냈다.

　(잠깐만, 고백하려면 지금이 적기 아닐까?! 지금밖에 없는 거 아니야?! 말해버려! 말해버리라고!)

　이미 고백과 같은 발언을 해버린 후였다.

　어차피 되돌릴 수 없다면 여기서 '좋아한다'고 전해버리자.

　지금이라면 용기를 낼 수 있을 것 같아 마오는 여기서 고백을 단행하기로 했다.

　"왜냐하면…… 왜냐하면 난…….."

　앞가슴에 두른 수건을 꽉 쥐고 짝사랑 중인 남자아이를 향해 지금까지 계속 숨겨왔던 마음을 풀어놓았다.

　"난 키류의 거기를 정말 좋아하니까!"

　아무래도 섞인 것 같다.

　일생일대의 고백과 절대로 섞여선 안 되는 어떠한 단어가 섞이고 말았다.

　사랑 고백과 남성기의 기적 같은 콜라보.

　고백에 대한 초조함과 남자의 그것밖에 생각할 수 없어서, 그 두 가지가 절묘하게 뒤엉킨 상태에서 입 밖으로 나와 버린 것이다.

　(시, 실수했다아아아아아아아아아아!!)

난죠 마오, 통한의 미스.

얼굴을 마주 보고 '거기가 너무 좋아☆' 발언이라니, 이건 그냥 변태잖아.

당연히 그런 고백을 받은 상대도 곤혹스러운 얼굴을 하고 있었다.

"나, 난죠……? 너, 대체 무슨 소릴 하는 거야……?"

"그럼, 그렇게 알고 있어!"

"대체 그게 뭔데?!"

이미 머릿속이 엉망진창이라 그의 오해를 제대로 풀어줄 수 없을 것 같았다.

마오가 할 수 있는 일은 그 자리에서 도망치는 것뿐이 었다.

◇

"(아아, 완전히 실수했어~!!)"

노천탕에서의 비극 10분 후.

3층 4인실에 놓인 자신의 이불 속으로 들어간 마오가 작 게 중얼거리며 몸부림쳤다.

합숙 중, 적극적으로 케이키에게 다가가는 미즈하나 아야 노의 모습을 보고 있던 마오는 자신이 가장 출발이 늦은 것 같아 초조한 상태였다.

그녀들에게는 있고 자신에게는 없는 것.

그것은 목적을 위해서라면 수단 방법 가리지 않는 적극성이었다.

사유키나 유이카, 미즈하는 비교적 적극적으로 다가가는 타입이었고 그에 반해 마오의 공격은 굳이 말하자면 소극적이었다.

그래서 마오는 평소라면 절대로 하지 않을 미인계를 써보기로 했다.

화장실 가려고 일어났다가, 우연히 미즈하의 방에서 케이키가 나오는 걸 목격했고, 그가 욕실로 향하는 걸 알고는 남탕으로 돌격한다는 무모한 행동에 나선 것이다.

선생님들한테 들키면 대참사였지만 사랑하는 소녀는 맹목적이었다.

어쨌든 계속 밀어붙이는 작전으로 호감도가 올라가는 걸 노렸다.

노천탕에서 춤을 추는 것까지는 순조로웠는데 가장 마지막에 믿을 수 없는 실수를 저지르고 말았다.

"(키류는 날 남자의 거길 정말 좋아하는 변태라고 생각하겠지…….)"

아마 녀석의 그걸 쥔 건 자신이 처음일 것이다.

그런 의미에서는 다른 라이벌들보다 한 발 리드했다고 할 수 있었다.

“(분명 관계를 진전시키고는 싶었지만 이건 아닌 것 같은데?!)”

이런 진전 방식은 바라지 않았다.

딱 한 번 시간을 되돌릴 수 있는 힘이 있다면 바로 되돌렸을 것이다.

“(……하지만, 키류의 거기, 의외로 늠름했어…….)”

뭐라 형용할 수 없는 미지의 감촉을 떠올리며 마오가 뺨을 붉혔다.

처음으로 만진 남자의 거기는 임전 태세를 취하고 있었다.

단단함으로 볼 때 완전한 건 아니었던 것 같지만, 그건 즉 마오의 몸을 보고 흥분했다는 뜻이니까―.

“~~?!”

버둥버둥버둥.

부끄러움에 발을 파닥거리다 옆에서 잠들어 있던 메구미에게 시끄럽다고 혼나고 말았다

◇

“……정말 못 자겠어.”

심야 1시 경. 2층 방 이불 위에 누워 케이키는 그렇게 중얼거렸다.

목욕탕에서 일어난 마오와의 사건 때문에 눈이 말똥말똥해지고 말았다.

옆에 놓인 이불 위에서는 쇼마가 행복한 얼굴로 숙면을 취하고 있었는데, 무슨 꿈을 꾸는 건지 때때로 '코하루 러브……' 같은 말을 중얼거렸다.

그렇게 불을 끈 실내에서 머리맡에 놓여 있던 스마트폰이 희미하게 빛났다.

"뭐야, 이런 시간에? ……응? 후지모토?"

확인해보니 아야노에게서 메시지가 도착해있었다.

내용은『혹시 자?』라는 한 마디뿐.

순간 또 변태 플레이에 말려들게 하려는 건 아닌지 공격 태세를 갖췄지만 이렇게 야심한 밤에 그런 용건으로 연락을 할 것 같지는 않았다.

긴급한 안건일지도 몰라 일단 답장을 해봤다.

『안 자. 무슨 일이야?』

『키류에게 하고 싶은 말이 있는데. 지금 잠깐 시간 좀 내줬으면 좋겠어.』

『알았어. 어디로 가면 돼?』

잠시 시간이 흐른 후『그럼 3층 휴게실로』라는 답장이 왔다.

그 문자에『OK』라고 대답하고 유카타 위에 짧은 겉옷을 걸친 케이키는 쇼마를 깨우지 않으려 조용히 방을 나갔다.

역시 모두 다 잠든 모양인지 숙소 안은 말소리는커녕 바스락거리는 소리 하나 나지 않았다.

계단을 올라가 휴게실로 이동하니 늦은 밤 베란다에 서 있는 케이키와 같은 차림의 아야노가 보였다.

그녀를 따라 밖으로 나가자 아름다운 밤하늘이 그를 맞아 주었다.

"미안, 이렇게 밤늦게."

"됐어, 나도 잠이 안 왔으니까."

"일어나 있어서 다행이야. 꼭 전하고 싶은 말이 있었거든."

"전하고 싶은 말?"

되묻자 아야노가 고개를 끄덕거렸다.

"키류에게 부탁이 있어서…… 이번 학생회 선거에서 나의 추천인이 되어줬으면 좋겠어."

"추천인?"

그녀의 이야기는 생각지도 못한 내용이었다.

애초에 학생회 선거가 있다는 것도 처음 들었다.

"응? 하지만 다음 학생회장은 후지모토로 결정된 거 아니었어? 타카사키 선배가 그런 말을 한 것 같은데……."

모모사와 고등학교의 학생회장은 기본적으로 전임자가 지명한다고 들은 기억이 있다.

"올해는 따로 입후보자가 있었으니까."

"아아, 그런 거였어?"

그러고 보니 시호도 '따로 입후보자가 나오지 않는 한'이라고 말했었다.

학생회 임원 말고 입후보한 학생이 있었던 거겠지.

"그래서 선거가 언젠데?"

"다음 주 월요일에 고시되고 투표는 금요일."

"뭐? 너무 빠른 거 아니야?!"

"미안해…… 사실은 좀 더 빨리 전했으면 좋았겠지만……."

"……."

아야노가 말할 수 없었던 이유를 왠지 알 것만 같았다.

케이키가 학생회가 아닌 서예부로 돌아가는 걸 선택했으니까 그걸 신경 써서 요청을 망설이고 있었던 거겠지.

"회장에 입후보하려면 추천인이 5명 필요한데 지금 학생회 멤버와 미타니의 전임자에게 이름만 빌려달라고 할 예정이야."

"그 사람들을 다 합쳐도 4명이잖아. 후지모토라면 딱히 내가 아니라 하더라도 협력자를 찾을 수 있을 것 같은데."

후지모토 아야노는 인망이 있었다.

성적도 우수하고 다른 사람들을 잘 돌보고, 말수는 적지만 다른 사람들에게 사랑받는 재능을 갖고 있었다.

그녀가 의뢰하면 받아줄 학생은 많을 것이다.

그런 케이키의 지적에 아야노가 절레절레 고개를 내저었다.

"난 다른 누군가가 아니라 키류에게 도움을 받고 싶어. 억지일지도 모르지만 내가 가장 신뢰하는 사람이니까."

"후지모토⋯⋯."

서예부를 선택한 건 후회하지 않는다.

하지만 자신이 빠진 학생회에 미련이 남는 것도 사실이었다⋯⋯.

"알았어. 나도 선거가 끝날 때까지 도와줄게."

"괜찮겠어?"

"그래, 힘들 때는 서로 도와주기로 약속했잖아."

"고마워."

안심한 듯 아야노가 웃었다.

그 미소를 보고 케이키는 별안간 생각했다.

"혹시 첫날 말하려고 했던 중요한 이야기가 그거였어?"

"그런데."

"진짜야⋯⋯? 틀림없이 팬티를 요구하는 줄 알았는데."

"이왕 팬티를 달라고 조를 거였으면 하루 입은 걸로 부탁했겠지."

"뭐, 후지모토라면 그랬겠지⋯⋯."

케이키는 아침부터 아야노의 팬티를 요구했지만 냄새 페티시스트로서는 낙제점이었던 모양이다.

그런 생각을 하고 있는데 아야노가 갑자기 주섬주섬 유카타 소매를 통해 안으로 양손을 집어넣었다.

그리고 다음 순간, 단숨에 자신의 팬티를 끌어내렸다.

"뭐 하는 거야?!"

"응? 팬티 벗으려고."

"왜 굳이 벗을 필요가?!"

"키류가 여자 냄새에 흥미가 있는 것 같길래, 날 도와주기로 한 보답으로 주려고."

"그러고 보니 오해 푸는 걸 깜빡했네!"

첫날 반면교사 작전 때문에 그녀는 케이키를 냄새 페티시스트라고 착각하고 있었다.

분명 아야노의 냄새를 맡고, 팬티를 요구했지만 그것은 그녀를 변태에서 탈피시키기 위한 『탈 변태 계획』의 일환이었으며 결코 순수한 욕망에서 그녀의 벗은 팬티를 원했던 건 아니었다.

(아니, 왜 내 주변 여자애들은 다들 팬티를 주려고 하는 거야……?)

일단 사정을 설명하고 아야노에게는 팬티를 다시 입혔다.

"뭐, 변태 가면이 되지 않은 것만은 다행인 건가……."

"변태 가면?"

"아니, 아무것도 아니야."

그런 악몽이 현실이 되도록 놔두진 않을 것이다.

"다시 아까 하던 이야기로 되돌아가서. 학생회 선거 말인데."

순조롭게 갔다면 아야노가 회장직을 이을 예정이었는데 갑자기 선거가 열리게 됐다는 내용이었다.

아야노 말로는 회장에 입후보한 학생이 나타났다는데…….

"결국 다른 입후보자가 누구야?"

"그건—."

그녀가 입 밖으로 꺼낸 이름은 케이키도 잘 아는 인물의 것이었다.

"뭐? 진짜 그 사람이?"

"응, 확실한 정보야."

무심코 되묻자 틀림없다며 아야노가 고개를 끄덕였다.

"의외네. 그런 일에 입후보할 타입으로는 안 보이던데."

"하지만, 본인은 진심인 것 같아. —나도 질 생각은 없지만."

드물게 강한 어조로 그녀가 결의를 표명했다.

"그 사람만은 절대로 회장이 되게 하지 않을 거야."

◇

합숙 마지막 날 아침, 학교를 향해 달리는 버스 뒷좌석에선 한가로운 경치를 즐기지도 않고 마오가 숨소리를 내며 자고 있었다.

"버스가 달리기 시작하자마자 잠들었네."

"평소에는 쿨한데 잠든 얼굴은 애교 있어 보여서 귀여워요—."

그렇게 말하며 마오 옆에 앉은 메구미가 잠자는 공주님의

빰을 꾹꾹 눌러댔다.

그래도 일어나지 않는 걸 보면 그녀는 상당히 깊이 잠든 모양이었다.

"왠지 어젯밤에 잘 못 잔 것 같은데요?"

"그러게……."

그건 역시 노천온천에서의 일 때문일까?

(전부 다 서진 않았다고 해도 임전 태세의 그것을 손에 쥐었으니까…….)

사람에 따라서는 트라우마가 생긴다 해도 이상하지 않을 사고였다.

참고로 뒷좌석은 6조 멤버들이 점령하고 있었고 정면 오른쪽부터 마오, 메구미, 케이키, 쇼마 순서로 앉아 있었다.

합숙하면서 신나게 노느라 피곤한 건지

잠든 학생들이 예상 외로 많았다.

6조에서는 마오 외에 또 한 명, 안타까운 로리콘 남자가 졸음의 유혹을 이기지 못했다.

"아키야마도 푹 잠들었네요."

"밤늦게까지 여자친구랑 문자를 주고받았대."

"소문으로만 들었던 합법 로리 선배 말이죠? 알콩달콩 부러워요."

쇼마의 연애 사정에 피식거리면서 감상을 늘어놓는 메구미.

그런 동급생을 케이키는 자신도 모르게 빤히 쳐다보고 말았다.

"……"

풍성한 긴 머리가 귀여운 작은 체격의 여자아이.

눈은 좀 처졌지만 눈매가 부드러워서 느긋한 인성을 주는 미소녀였다.

"키류? 왜 그래요? 날 빤히 바라보고."

사양 않고 관찰하고 있었더니 역시 눈치를 챈 모양이었다.

"……헉?! 혹시 싹싹하고 어울리기 쉬운 털털한 여자인 오니즈카에게 반한 거예요?! 미안해요, 정말 기쁘고 영광이지만 나에게는 이미 마음에 둔 사람이—"

"아니, 아니거든."

메구미가 장대한 오해를 하기 시작했기 때문에 미리 부정했다.

"그럼 왜 본 거예요?"

"그건……"

순간 말이 막히지도, 특별히 숨기려고도 하지 않았다.

잠든 두 사람을 깨우기도 그래서 목소리를 죽인 채 물었다.

"오니즈카, 학생회장에 입후보했다는 게 사실이야?"

"네?"

순간, 깜짝 놀란 표정을 짓는 메구미였지만 금방 정보원을 떠올린 듯했다.

"그거, 후지모토한테 들었어요?"

"으응."

"흐—음? ……뭐, 딱히 상관은 없지만요. 입후보한 건 사실이에요. 투표일까지 시간이 없어서 돌아가자마자 선거 준비를 시작할 생각이에요."

"그래……?"

어젯밤, 아야노가 가르쳐준 입후보자는 오니즈카 메구미였다.

본인의 이야기를 들어보니, 메구미는 정말 학생회장을 목표로 하고 있는 듯했다.

(하지만, 오니즈카를 절대로 회장으로 만들 수 없다는 게 무슨 뜻이지?)

아야노는 자기주장이 강한 타입은 아니었다.

그런 그녀가 그렇게까지 말했다는 건 뭔가 이유가 있을 것이다.

"오니즈카는 왜 학생회장에?"

"딱히 학생회장을 목표로 하는 사람으로는 보이지 않나요?"

"뭐……."

"그렇겠죠, 나도 그렇게 생각해요. ……하지만 나에겐 꼭 해야 할 일이 있거든요."

"꼭 해야 할 일?"

"내가 학생회장이 되면 교칙으로 남녀 이성교제를 금지할 거예요."

"……뭐?"

메구미가 밝힌 건 생각지도 못한 목표였다.

말을 잃은 친구에게 미소를 지운 그녀가 차가운 눈동자로 바라보며 말했다.

"난 우리 학교를 『연애 금지』로 만들 생각이에요."

체험학습이 끝나고 맞이한 12월 첫째 월요일.

말끔히 쾌차한 미즈하가 만들어준 아침을 먹은 케이키는 평소보다 꽤 이른 시간에 집을 나섰다.

학교에 도착한 후 향한 곳은 학생회실.

임시 임원 시절에는 매일 찾았던 부실 문을 노크한 후 입실했다.

"좋은 아침입니다."

인사를 건네면서 들어온 학생회실에는 4명의 학생이 테이블을 둘러싸고 앉아 있었고 황갈색 갈래머리가 특징인 나가세 아이리가 '응?'이라며 의아해했다.

"어머? 누구신가요?"

"잊어버린 거야?!"

"물론 농담이에요. 안녕하세요, 키류 선배."

최근 들어 완전히 상냥해진 아이리가 미소를 지으며 인사를 해주었다.

그리고 그녀는 옆에 앉은 아야노와 얼굴을 맞댔다.

"아야노 선배, 성공적으로 키류 선배를 손에 넣은 모양이네요."

"……응, 손에 넣었어."

쑥스러운 듯 '손에 넣었다'고 말하는 아야노였지만 그 얼굴과 대사로는 다른 의미로 들릴 수 있기 때문에 주의해줬으면 좋겠다.

그런 생각을 하며 우뚝 서 있자 의장석에 앉은 시호가 말을 걸었다.

"케이키도 앉지?"

"아, 네. 그렇죠."

고개를 끄덕이며 아야노 맞은편 자리에 걸터앉았다.

참고로 옆자리에는 서기로 일하고 있는 미타니 린이 있었다.

지금은 남자 교복을 입고 있으니 린코가 아니라 린타로겠지.

"안녕하세요, 케이 선배. 또 같이 일을 할 수 있게 돼서 기뻐요. 뭣하면 이대로 학생회로 돌아와도 괜찮은데."

"그건 좋은 아이디어야."

"아야노도 대찬성."

"아쉽지만 권유라면 이미 충분하거든."

린타로의 발언에 시호와 아야노가 찬성했지만 정중하게 거절했다.

축제 이후, 케이키는 학생회가 아닌 서예부를 선택했다.

이제 와서 학생회로 돌아갈 수도 없고, 이번에는 친구로서 아야노를 도와주러 온 것뿐이었다.

"키류."

"응?"

"와줘서 고마워."

"약속했으니까."

그렇게 답하자 아야노가 살짝 웃었다.

인사가 대충 마무리되자 시호가 입을 열었다.

"시간도 예정보다 좀 늦어졌고, 슬슬 시작할까? 아이리, 부탁할게."

"네."

늠름한 목소리로 답하며 자리에서 일어난 아이리가 화이트보드 앞에 섰다.

"그럼 지금부터 학생회 선거를 위한 작전 회의를 시작하겠습니다. 진행은 저, 나가세 아이리가 맡도록 하겠습니다."

"……나가세는 진행 역할에 너무 잘 어울리는 것 같아."

"잘나가는 사장 비서 같은 느낌이네요."

"우선 처음으로 정보를 공유하도록 하겠습니다."

두 명의 남학생이 작은 목소리로 감상을 늘어놓는 와중에도 아이리는 담담하게 말을 이어나갔다.

"선거 알림 및 입후보자 발표는 오늘 방과 후에 있습니다. 선거 기간은 오늘부터 이번 주 금요일까지 5일간. 투표 및 개표일도 금요일이 되겠습니다."

설명하면서 아이리가 깔끔한 글자로 보드에 스케줄을 적어 내려갔다.

"그리고 가상 중요한 입후보자는 우리 학생회에선 현 부회장인 아야노 선배가 출마합니다."

이름이 불리자 아야노가 기립했다.

"회장에 출마하게 된 후지모토 아야노입니다. 당선을 목표로 최선을 다할 테니 부디 잘 부탁드립니다."

포부를 밝히며 꾸벅 고개를 숙인 후 착석했다.

그 모습을 지켜보던 아이리가 말을 계속 이어나갔다.

"그리고 아야노 선배의 대항마가 될 입후보자는──."

그렇게 말하면서 갈래머리의 후배가 보드에 자석으로 후보자의 사진을 고정했다.

"2학년 B반의 오니즈카 메구미 양. 키류 선배와 같은 반 여학생입니다."

시선을 케이키에게로 보냈기 때문에 고개를 끄덕거렸다.

실은 자연체험학습에서도 같은 조였지만 개시할 정도의 정보는 아니겠지.

"그리고 그 오니즈카 선배에 관해서 입니다만, 제출된 서류에 의하면 공약으로『교내에서의 연애 금지화』를 내걸고 있는 것 같습니다."

그것도 이미 메구미 본인에게 들은 이야기였다.

"후지모토는 오니즈카의 목적을 알고 있었지?"

"얼마 전에 오니즈카가 선전포고를 했으니까."

"선전포고라……."

합숙하면서 아야노가 메구미를 의식하고 있는 것처럼 보였던 건 기분 탓이 아니었다.

메구미가 회장에 입후보했다는 것과 그 목적을 알고 있었기 때문에 그런 반응을 보인 것이었다.

"현역 부회장으로 인기가 많은 아야노 선배에게 선거로 승부를 걸다니, 무모하다고밖에 생각할 수 없을 것 같은데요."

"오니즈카에게 뭔가 계책이 있을지도 몰라."

아이리의 의견은 지당했지만 메구미가 진심인 건 틀림없었다.

그렇다고 해도 그녀 또한 지명도가 뒤떨어지는 자신이 불리하다는 건 알고 있을 테니까 뭔가 선거의 대책을 세우고 있을 가능성은 있었다.

"하지만 어째서 오니즈카는 학교에서의 연애를 금지하고 싶은 걸까……."

메구미는 만화연구부에 소속된 극히 평범한 일반 학생이었다.

그런 그녀가 갑자기 학생회장에 입후보했다.

거기에는 메구미의 공약으로 이어지는 무슨 이유가 있을 것이다.

"후지모토는 오니즈카의 공약에는 반대지?"

"난 모두가 즐거운 학교생활을 보내길 바라니까. 공부나 동아리 활동도 중요하지만 연애도 중요한 요소라고 생각해."

"그래. 나도 그렇게 생각해."

귀여운 여자친구를 만들어 청춘을 구가하고 싶다.

그건 케이키는 물론이고 모든 남학생들이 가슴속에 품은 꿈이었다.

여학생들도 같을 것이다. 연애에 동경을 품고 있는 자는 적지 않겠지.

그걸 교칙으로 억지로 규제하는 건 용납할 수 없었다.

"개인적으로는 『연애 금지화』도 나쁘지 않은데요. 티 없는 여학생들이 야만적인 남학생들의 독니에 물리지 않을 수 있으니까요."

"뭐, 나가세는 그렇겠지."

"하지만 그건 그렇다 쳐도 학생회장은 아야노 선배가 적임자라고 생각해요."

그런 아이리의 의견에 린타로도 동의했다.

"저도 억지로 의견을 통과시키려는 사람은 좀 별로. 연애 금지가 되면 재학 중에 글래머 누님과 사귄다는 야망을 이룰 수 없게 되니까요."

"린타로는 조금 더 욕망을 감췄으면 좋겠는데."

"정말…… 이러니까 미타니는…… ."

아이리의 눈이 쓰레기를 보는 그것이 되어 있었다.

글래머 취향을 숨기지 않는 린타로의 용기에 건배.

"미타니는 나중에 이 근처에 묻기로 하고…… 일단 현상 확인은 이 정도면 괜찮을까요?"

"응, 괜찮지 않을까?"

회계 담당인 나가세의 확인 요구에 타카사키 회장이 고개를 끄덕였다.

"고시될 때까지 시간이 없어서 아침 일찍 모이게 됐지만 선거활동은 기본적으로 점심시간과 방과 후에 하게 될 겁니다. 키류 선배에게도 나중에 스케줄 표를 드릴게요."

"알았어."

역시 학생 대표가 모인 학생회. 회의 진행도 매끄러웠다.

"그럼 이번에는 선거에 임하는 데 있어서 각자 임무를 결정하고 싶습니다."

"임무?"

"선대본부장이나 광고 담당 말이에요. 키류 선배는 잡무 담당이 좋을 것 같아요."

"잡무 담당……."

"참고로 미타니는 마차를 끄는 말이야."

"아하하, 전 인간도 아니네요."

아이리의 독설에 산뜻한 미소를 보내는 린타로는 역시 거물이었다.

"저기……."

여기서 아야노가 쭈뼛쭈뼛 손을 들었다.

"키류는 아야노의 비서를 맡아줬으면 좋겠는데."

"비서?"

"24시간 아야노 옆에 대기하면서 언제든 충전하게 해줬으면 좋겠어."

"너무 사적 감정이 들어간 거 아니야?!"

비서 업무에 냄새를 제공한다는 내용은 없을 텐데.

"뭐 어때요? 실제로 선거에서 싸우는 건 아야노 선배니까 아야노 선배의 동기 부여를 위해서라면 이의는 없어요."

"케이 선배, 책임이 막중하네요."

"케이키, 이럴 때 남자라는 걸 보여줘야지."

"다들 분명 즐기고 있지……?"

그렇다고 해도 아야노가 자신을 의지한다는 사실에 아무래도 마음이 좀 약해졌다.

"알았어. 후지모토의 비서를 맡을게."

어쨌든 오늘 여기 온 시점에 이미 그녀를 도와주겠다고 결심하고 있었다.

무슨 일이든 아야노가 학생회장이 될 수 있도록 최선을 다할 뿐이었다.

그 이후 학생회 선거를 위한 후지모토 진영의 임무가 할당되었다.

케이키가 아야노의 임원비서.

아이리가 선거대책본부장.

린타로가 홍보총무 담당.

그리고 시호는 웬일인지 『응원단장』이라는 캐릭터로 만족
해야 했다.

"시호 선배는 추천 입시 준비가 있으니까. 기본적으로 선
거활동은 시호 선배 빼고 한다고 생각해주세요."

"아아, 추천 입시는 빨리 시작하니까."

"미안, 별로 도움이 안 돼서."

참고로 또 한 명의 추천인인 전직 서기 선배는 수험공부
로 바빠 이름만 빌려주기로 했다.

"그러고 보니 선거 포스터는 이미 완성됐어?"

"문제없이 데이터는 완성됐는데. 볼래?"

"볼래, 볼래."

작년에는 학생회 선거 같은 게 없었고 지인의 선거 포스
터를 볼 기회는 그렇게 많지 않았다.

직접 촬영해 만든 포스터를 보기 위해 모두 비품인 컴퓨
터 앞으로 이동.

의자에 걸터앉은 아야노 뒤로 4명이 서서 디스플레이를
들여다보았다.

"좀 부끄러운데."

"어디, 어디?"

아야노가 직접 만들었다는 포스터 파일을 열었다.

""""……""""

그걸 본 순간 모두가 말을 잃었다.

화면 속 주인공은 틀림없이 우리 학생회 부회장인 후지모토 아야노, 그 사람이었고 앞머리로 한쪽 눈을 가리면서도 숨길 수 없는 미모가 흘러넘치는 미소녀였다.

응, 틀림없는 미소녀.

미소녀이긴 한데…….

"여기 있는 후지모토는 아무런 표정이 없네……."

포스터로 사용한 사진 속 아야노는 정색하고 있었다.

"아야논 선배, 이건 좀……."

"으─음, 압도적으로 미소가 부족해……."

"게다가 캐치프레이즈가 『아름다운 미소를 만들자, 후지모토 아야노』인데 아야노 선배가 안 웃으면 안 되잖아요."

린타로가 얼굴을 찡그렸고, 시호가 살짝 곤란하다는 미소를 지었으며 마지막으로 아이리가 결정타를 날렸다.

신랄한 평가에 풀죽은 아야노.

"아야노가 생각한 혼신의 캐치프레이즈였는데……."

"캐치프레이즈는 그렇다 쳐도, 문제는 사진이야."

풀죽어있는 본인에겐 미안하지만 비서로서 여기에는 동의할 수 없었다.

그렇다면─.

"다시 찍어야겠네."

포스터 사진은 나중에 다시 찍기로 했다.

작전회의를 끝내고 퇴실하는 임원들 무리에 섞여서 케이키가 학생회실을 나오는데 뒤에서 시호가 그를 불러 세웠다.

"케이키, 잠깐 시간 괜찮아?"

"아, 네. 괜찮아요."

말은 그렇게 했지만 아침 HR까지 별로 여유는 없었다.

그건 시호도 알고 있었기 때문에 그 자리에 서서 이야기하기로 했다.

"이번에는 고마워, 선거에 협력해줘서."

"아뇨, 저도 다음 학생회장은 후지모토가 좋겠다고 생각하니까요."

성적도 우수한 노력가.

선생님들의 신뢰도 두텁고 아이리나 린도 그녀를 정말 좋아했다.

무엇보다 아야노가 얼마나 학생들을 생각하고 있는지, 임시 임원으로 그녀의 일을 가까이에서 봐온 케이키는 잘 알고 있었다.

응원하고 싶어지는 건 그런 그녀의 매력 때문이었다.

"케이키는 좋은 사람이야. 좋아, 그럼 누나가 상을 줄게."

"네?……으앗?!"

갑자기 시호가 양손을 뻗어 머리를 끌어안고 그녀 가슴으로 끌어당겼다.

"타, 타카사키 선배……?"

얼굴에 부드러운 것이 닿자 심장박동이 빨라졌다.

"아야노를 잘 부탁해. 난 이번에 많이 도와줄 수 없으니까."

"아……."

부드러운 목소리에 깜짝 놀랐다.

그녀는 수험 준비로 바빠 선거 활동에는 참가할 수 없다고 아이리도 말했었다.

그렇기 때문에 아이리는 시호에게 『응원단장』이라는 애매한 임무를 부여했을 것이다.

내심 도와주고 싶을 텐데, 그걸 이룰 수 없어 케이키를 의지하기로 한 모양이다.

"네, 후지모토는 맡겨주세요."

"응, 늘 의지하고 있어."

후배 남학생을 해방해준 후 시호가 꽃과 같은 미소를 보여주었다.

"뭐, 내가 걱정 안 해도 아야노라면 괜찮을 거야."

"아하하, 그렇겠죠."

"아, 그리고……."

"네? 왜요?"

"체험학습 하면서 아야노나 서예부 아이들과 무슨 진전은 있었어? 요 며칠 합숙 중에 케이키를 빼앗기는 망상이 멈추지 않았는데."

"타카사키 선배를 기쁘게 할 만한 일은 없었어요."

"뭐—?"

"그런 불만스러운 표정을 지어도 없는 일은 없는 거예요."

이 학생회장, NTR 소망이 있는 변태였다.

참고로 빼앗는 것과 빼앗기는 것, 둘 다 가능한 쪽인 듯했다.

"그럼 이번 선거에서 아야노와 친해지면 알려줘. 아야노의 비서를 빼앗는 것도 배덕감이 들어서 좋을 것 같아."

"전 대체 무슨 고백을 받고 있는 거죠⋯⋯?"

여자 선배가 성벽에 솔직해지니 대답하기 힘들었다.

이 변태 학생회장에게는 서둘러 공권력을 양도하는 게 더 나을지도 모르겠다.

키류 케이키는 현재, 두 가지 문제를 안고 있었다.

하나는 오니즈카 메구미의 입후보를 발단으로 하는 학생회 선거와 관련된 문제.

또 하나는 합숙 중 노천온천에서 일어난 『그 사건』이 아직 영향을 주고 있다는 것이었다.

구체적으로 말하면 마오가 케이키를 전력을 다해 피하고 있었다.

다가가면 전력 질주로 도망가고 눈을 마주치려고 해도 '획' 하고 고개를 돌려버리고 말아 눈도 마주치지 못했다.

원인은 틀림없이 『그걸 정말 좋아해 발언』이겠지.

(BL을 좋아하는 건 알고 있었지만 그렇게 남자의 그걸 좋아할 줄이야…….)

게다가 마오 입장에서 케이키의 남성기는 꽤 느낌이 좋았던 모양이다.

어떤 의미에선 남성기의 프로페셔널인 여사친에게 보증을 받은 것이지만 기뻐해야 하는 건지 한탄해야 하는 건지 판단이 망설여졌다.

그런 두 사람의 모습을 걱정하고 있었던 모양인지.

2교시가 끝난 타이밍에 쇼마가 말을 걸었다.

"화해한 줄 알았더니 또 묘한 분위기가 흐르네."

"뭐, 이번에는 싸운 건 아니야."

"나라도 괜찮으면 이야기 들어줄까?"

"고맙지만 난죠의 명예를 위해 가만히 있어 줘."

"정말 무슨 일이 있었구나……."

신경은 쓰이지만 의도를 이해하고 물러나는 게 쇼마의 장점이었다.

"난죠는 나중에 생각하기로 하고 지금은 그것보다 선거가 우선이야."

"후지모토랑 오니즈카가 나온다며?"

"으응, 고지되는 건 방과 후겠지만."

대답하면서 힐끔 벽 쪽에 앉은 메구미에게로 시선을 돌렸다.

같은 반 여자애랑 즐거운 듯 대화하고 있는 그녀는 도무지 연애 금지라는 강압 정치를 시행할 만한 인물로는 보이지 않았다.

하지만 의견이 서로 일치하지 않는 이상 싸울 수밖에 없었다.

"그런 이유에서 오늘 점심때 코하루 선배 좀 빌릴게."

"코하루를?"

아침 회의가 끝난 후 메시지를 보내 이미 약속은 잡은 상태였다.

선거에서 이기기 위해 그녀의 힘이 필요했다.

그날 점심시간, 미즈하의 사랑스러운 도시락을 맛본 후 똑같이 식사를 끝낸 아야노와 합류해 향한 곳은 동아리 건물 3층에 있는 천문부 부실이었다.

그들을 맞이한 건 천문부 대표를 맡고 있는 오오토리 코하루.

교복 위에 파카를 걸친 자그마한 상급생이었다.

"과연, 그래서 날 지명한 거군요."

"카메라 실력이라면 코하루 선배를 능가할 사람이 없으니까요."

급한 의뢰에도 불구하고 코하루는 흔쾌히 맡아주었다.

실제 선거에 있어서도 포스터는 중요했다.

그래서 교내 굴지의 실력을 가진 전직 스토커 소녀인 코하루에게 협력을 요청한 것이다.

아마추어인 케이키가 찍는 것보다 전문적인 사람에게 맡기는 게 낫다는 판단에서였다.

"시간도 없으니까 바로 촬영을 시작해볼까요."

""잘 부탁드립니다.""

입을 맞춰 꾸벅 고개를 숙인 두 명의 후배.

그들을 향해 부드럽게 미소 지으며 코하루가 일을 시작했다.

"후지모토는 그쪽에 서주세요."

"알겠습니다."

코하루가 지정한 장소는 교내라고는 생각할 수 없을 만큼 본격적인 촬영 공간이었다.

정말 이 방에서 잡지 그라비아 촬영도 할 수 있을 것 같았다.

도저히 부비만으로 마련할 수 있는 기재들이 아니었지만 코하루는 대형 건설회사 사장의 딸, 세세한 걸 신경 쓰면 지는 것이었다.

"원래는 쇼마를 촬영하기 위해 만든 설비인데 활용할 수 있게 돼서 다행이에요."

"코하루 선배는 겉모습에 비해 능동적이시네요."

어쨌든 설비는 최고였다.

코하루가 소유하고 있는 카메라는 그 어느 것도 고성능을 자랑했고 그녀 자신의 기술도 프로급이었다.

나머지는 아야노가 미소만 지어준다면 최고의 포스터 사진을 찍을 수 있을 텐데.

"후후후, 피사체가 귀여우면 기분도 좋아지죠."

"코하루 선배, 살짝 아저씨 같아요."

"그럼 여길 보세요!"

이렇게 코하루의 지시 아래 포스터 사진 촬영이 시작되었다.

새하얀 패널 앞에 선 아야노를 삼각대로 고정한 투박한 카메라로 몇 번이나 찍었다.

"으─음……."

이윽고 코하루가 카메라에서 몸을 뗐다.

그녀의 얼굴이 밝지 않다는 건 촬영을 지켜보고 있던 케이키도 알 수 있었다.

"후지모토의 표정이 좀 굳어 있네요……."

촬영이 지체되는 원인이 그 한 마디에 집약되어 있었다.

"별로……였어?"

"그 정도는 아니지만……."

"이렇게 정색하면 좀 차가운 인상을 주게 될지도 몰라."

"으윽……."

카메라맨과 비서에게 지적받은 아야노는 풀이 죽었다.

"카메라를 바라보면 왠지 긴장이 돼서⋯⋯."

"뭐, 마음은 이해해."

아야노는 기본적으로 표정이 부족했다.

물론 이야기를 하다 보면 잘 웃기도 하고 느닷없이 보여주는 장난스러운 표정은 굉장히 귀여웠다. 상황에 따라서는 정색인 상태에서도 그냥 귀여웠다.

다만 이번에 필요한 건 선거 포스터로 쓸 사진이었다.

미소와 무표정, 어느 쪽이 나은 지는 말할 것까지도 없었다.

완전히 침울해진 아야노에게 코하루가 부드럽게 말을 걸었다.

"후지모토."

"네?"

"후지모토는 과자 만드는 걸 좋아하죠?"

"좋아하는데요⋯⋯."

"그럼 후지모토가 잘 만드는 과자는 뭐예요?"

"그러니까⋯⋯ 애플파이?"

"애플파이인가요? 좋네요. 그럼 후지모토가 정성을 다해서 만든 애플파이를 누군가 좋아하는 사람에게 선물했다고 생각해봐요."

"조, 좋아하는 사람?"

"누구든 좋아요. 가족이든 친구든 짝사랑하고 있는 남자

아이든."

"네, 네에⋯⋯."

"후지모토의 애플파이를 먹은 그 사람이 미소를 지으며 맛있다고 해준다면 분명 기쁘겠죠?"

"⋯⋯네."

그 광경을 상상한 것인지 아야노의 표정에 변화가 생겼다.

몸 전체에서 경직이 사라지고 온화한 분위기로 변했다는 걸 확실히 느꼈다.

만반을 준비를 한 카메라에서 '찰칵'하고 셔터 소리가 울려 퍼졌다.

"네, 방금 표정 좋았어요."

"네? 대체 언제⋯⋯?!"

사진을 찍힌 아야노가 깜짝 놀라 소리를 질렀다.

그에 비해 베스트 샷을 건진 카메라맨은 만족해하며 기뻐했다.

"후후후, 대성공이네요."

"코하루 선배는 역시 대단해요."

이럴 때 그녀가 연상의 상급생이라는 걸 실감하게 된다.

"그런데 후지모토는 대체 누구를 떠올린 거예요?"

"네?! 부, 부끄러우니까 비밀!"

부끄러워하는 아야노는 정말 귀여웠고 드물게 큰소리를 지르는 동급생의 모습을 정확히 뇌리에 새겼다.

"그럼 알고 있는 인쇄 회사에 특급으로 포스터를 인쇄해 달라고 부탁할게요. 방과 후에는 학생회실 쪽으로 도착할 거예요."

"하나부터 열까지 정말 감사합니다."

그렇게 촬영회를 마친 케이키와 아야노는 천문부를 뒤로 했다.

인쇄 자체는 부실에 있는 기재로도 할 수 있지만 모처럼 이니 프로에게 의뢰해준다기에 호의를 받아들이기로 했다.

솜씨가 너무 좋은 상급생에게는 정말 머리를 못 들겠다.

"다음에 뭔가 보답을 해야겠다."

"그런 거라면 맛있는 애플파이를 만들어올게."

"그거 좋은데. 후지모토가 만든 애플파이는 일품이니까."

"그, 그래……?"

"응. 전에 만들어준 거 정말 맛있었어."

"……그럼 키류가 먹을 것도 만들어올게."

나란히 걸으면서 기쁜 듯 미소를 지으며 아야노가 말했다.

그녀가 만드는 과자라면 코하루도 기뻐할 것이다.

"선배 덕분에 포스터도 시간 맞춰 완성될 것 같고 나머지 는 방과 후에 있을 발표에 대비하는 것뿐이네."

"응."

지금으로서는 순조롭게 선거 준비가 진행되고 있었다.

교내 게시판에 포스터를 붙이고, 연설 내용을 생각하고, 해야 할 일은 산더미 같았지만 이 분위기라면 어떻게든 될 것 같았다.

그렇게 두 사람이 동아리 건물 1층으로 내려왔을 때, 우연히도 메구미와 딱 마주치고 말았다.

"응? 키류랑 후지모토?"

"오니즈카? 왜 동아리 건물에?"

"만화연구부 부실에서 회의가 있거든요. 선거전은 부원 모두가 도와주기로 해서."

"그렇구나."

고등학교 규모라 해도 혼자 선거를 마지막까지 치르는 건 어려웠다.

그것 때문에 추천인 제도가 있었고, 아야노에겐 학생회 동료들이 있듯이 메구미의 경우에는 만화연구부 부원들이 도와주는 듯했다.

"키류야말로 왜 후지모토랑?"

"이번 선거에서 후지모토의 비서를 맡기로 했거든."

"그런 거였어요? 하긴 키류는 임시 임원으로도 일했으니까."

케이키가 한때, 학생회에 소속되어 있었다는 건 다들 아는 사실이었다.

전직 임시 임원이 부회장을 도와준다고 해서 전혀 이상할

건 없었다.

그때 지금까지 아무 말 없던 아야노가 케이키 앞으로 나갔다.

"오니즈카."

"뭐, 뭐죠……?"

"나도 선전포고를 해둘게. ―절대로 너에게 지지 않을 거야."

"……흥, 해보지 않으면 모르는 거죠."

조용히, 하지만 확실하게 두 사람 사이에 불꽃이 타올랐다.

방향성은 다르지만 둘 다 학생회장이 되어서 완수하고 싶은 일이 있었다.

그 이상을 위해 지금부터 서로 경쟁하는 것이다.

"뭐, 서로 정정당당하게 싸워 봐요."

그렇게 선언한 메구미가 교실이 있는 건물로 향했다.

그런 그녀의 뒷모습을 아야노가 쓸쓸한 눈동자로 바라보았다.

"……오니즈카, 왠지 괴로워 보였어."

"괴롭다고?"

"사실은 오니즈카도 망설이고 있을 거야. 만약 뭔가 사정이 있어서 지금의 학교에 불만을 갖고 있다면 내가 할 수 있는 범위에서 어떻게든 해주고 싶은데."

"후지모토……."

선전포고한 직후에 적을 걱정하다니, 역시 좀 놀랐다.

그런 아야노를 지도자로서는 너무 무르다고 말하는 사람
도 있을지 모른다.

하지만 아야노가 이런 사람이기 때문에 도와주고 싶었고
학생회장에 어울린다고 생각했다.

케이키는 상냥한 회장 후보의 머리를 툭툭 쓰다듬었다.

"그럼 우선 선거에서 이겨야지."

"응, 열심히 할 거야."

개전 준비는 끝났다.

메구미의 선언대로 정정당당하게 싸울 일만 남은 것이다.

그리고 방과 후, 드디어 학생회 선거 개최가 공표되었다.

학생 현관이나 교내 도처에 선거 공지문이 붙었고 방송부
에 의해 교내 방송도 나가면서 선거에 관한 이야기는 눈 깜
빡할 사이에 교내 전체로 퍼져나갔다.

오락에 질린 학생들이 시끄럽게 떠들어댔고 가는 곳마다
선거 이야기로 꽃을 피웠다.

그런 와중에 케이키를 비롯한 『후지모토 진영』은 바로 움
직이기 시작했다.

이번 주 금요일이 투표일이라 시간은 별로 없지만 원래
학생회 멤버들은 우수했다.

날마다 인원 부족에 시달리면서도 방대한 분량의 업무를

처리해내고 수많은 행사를 성공시켜온 정예들이었다.

평소 업무라 익숙한 것도 있었고 선거 준비도 순조로웠다.

특히 선대본부장인 아이리의 존재감은 굉장히 컸다.

선배들에게도 겁먹지 않고 의견을 제시하고 정확한 지시를 내리는 진영의 조정관이었다.

그런 아이리에게 '키류 선배는 포스터를 붙여주세요'라는 말을 들은 게 10분 전.

인쇄소에서 도착한 대량의 『아야노 포스터』를 건네받아 학생회실을 쫓겨난 케이키는 현재, 조력자인 쇼마와 함께 건물 2층 복도에서 작업에 한창이었다.

"미안, 쇼마. 도와달라고 해서."

"이 정도는 별것 아니야."

케이키가 건넨 압정으로 포스터를 붙이면서 쇼마가 말했다.

교내 게시판에 아야노의 포스터를 붙이는 간단한 작업이었지만 꽤 숫자가 많아 쇼마에게 응원을 부탁했다.

"내 입장에서도 후지모토가 당선되지 않으면 곤란하니까."

"안 그러면 코하루 선배랑 당당하게 사귈 수 없게 될 테니까."

"맞아. 뭐, 걱정 안 해도 괜찮겠지만. 오니즈카에겐 미안하지만 후지모토는 지명도도 있고 평판도 좋잖아."

"그래, 나도 후지모토가 질 거라는 생각은 안 해."

아야노에 대한 일반 학생들의 신뢰는 두터웠다.

그건 그녀가 지금까지 착실하게 쌓아올린 것이었다.

말투는 거칠지만 갑자기 등장한 입후보자인 메구미에게 승산이 있다고는 생각할 수 없었다.

게다가 메구미는 뻔뻔스럽게 『교내 연애 금지화』를 공약으로 내걸었다.

꽃다운 고등학생들이 이성 교제가 금지되는 걸 유쾌하게 생각할 리 없었다.

입 밖으로 내뱉진 않았지만 애초에 승부가 되지 않는다는 게 정직한 견해였다.

"……그건 그렇고 코하루 선배의 작업은 정말 대단해."

게시판에 붙인 포스터를 유심히 바라보았다.

캐치프레이즈는 『아름다운 미소를 만들자, 후지모토 아야노』그대로였지만 중요한 사진이 몇 배나 좋아졌다.

정말 이 미소만으로도 표를 받을 수 있을 정도로 귀여웠다.

"오오, 밖에서 후지모토랑 애들이 전단지를 나눠주고 있어."

"정말이네."

창가에 선 쇼마 옆으로 가보니 하교하는 학생들에게 전단지를 건네는 아야노의 모습을 확인할 수 있었다.

아이리나 여장한 린코도 그걸 도와주고 있었다.

"과연, 내가 포스터 붙이는 임무를 맡은 이유를 알게 된 것 같아."

"이왕이면 귀여운 여자아이한테 받고 싶잖아."

"한 명은 여자가 아니지만."

그걸 제외하더라도 전단지를 나눠주는 그녀들은 화려했다.

린코의 경우, 남장을 하면 여학생 팬도 모을 수 있을 것 같으니 나중에 제안해봐야겠다.

"추운데도 열심이네."

"그러게……."

아야노는 학생들의 미소를 위해 싸우기로 했다.

그 마음에 조금이나마 보답하고 싶었다.

"우리도 열심히 하자."

"그래."

아야노의 모습에 기운을 받아 본인의 일을 재개했다.

쇼마와 함께 묵묵히 포스터 설치를 진행하다 특별교실 건물 게시판 앞에서 그들처럼 포스터 설치 작업을 하고 있는 단체를 발견했다.

"만화연구부 사람들도 포스터를 붙이고 있어."

"그런 것 같네."

선대본부장의 정보에 의하면 만화연구부 부원들은 메구미를 포함해 4명.

메구미 자신이 이야기한 것처럼 그녀 이외에는 전부 남자로만 편성된 듯했다.

"메구, 이쪽은 다 붙였어!"

"메구, 메구, 이쪽도 완료했어."

"메구 선배……저, 저도 끝냈어요…….."

곱슬머리에 키가 크고 긴 앞머리 때문에 양쪽 눈을 확인할 수 없는 사람이 이노오카.

통통한 체형으로 안경을 쓰고 있는 사람이 시카가와.

작은 체격에 얌전해 보이는 소년이 쵸노인 듯했다.

참고로 이노오카가 3학년.

시카가와가 2학년, 쵸노는 1학년이었다.

"고마워요. 그럼 다음 포인트로 가죠!"

""""라져!!""""

울퉁불퉁 삼인조를 미소로 위로하며 그들을 이끌고 메구미가 자리를 떠났다.

그 모습은 마치 추종자에게 둘러싸인 공주님 같았다.

"오니즈카 진영도 꽤 통솔이 잘 되는 것 같네."

"그러게, 포스터를 붙이는 움직임도 굉장히 세련됐고."

이노오카와 부원들은 즐거운 듯 선거 포스터를 설치하고 있었다.

아무래도 메구미는 부원들에게 사랑받고 있는 듯했다.

"그것보다 케이키, 아까부터 신경 쓰이는 게 있는데."

"뭔데?"

"저쪽에서 유감스러운 듯이 이쪽을 바라보고 있는 사람,

토키하라 선배 아니야?"

"뭐……?"

쇼마가 가리킨 그 끝에는 복도 모퉁이에 몸을 반쯤 숨기고 빤히 이쪽을 바라보고 있는 흑발 미녀가 있었다.

이쪽과 눈이 마주치자 얼른 얼굴을 빼고 그 이후 다시 얼굴을 빼꼼 내놓는 의문의 행동을 취하고 있었다.

"……뭐 하는 거지, 저 사람?"

"케이키에게 볼일이 있는 거 아니겠어? 포스터도 거의 다 붙였고 난 슬슬 가볼 테니까 말을 걸어봐."

"그래, 도와줘서 땡큐."

감사를 표하자 상큼한 미소를 흘리며 쇼마가 발길을 돌렸다.

"……그럼."

모처럼 친구가 배려를 해줬으니까.

그 복도 모퉁이로 다가간 케이키는 그곳에 몸을 숨기고 있는 인물에게 말을 걸었다.

"뭐 하는 거예요? 사유키 선배?"

"어머, 케이키, 이런 곳에서 만나다니, 우연이네."

"몰래 훔쳐봐 놓고 우연은 무슨 우연이에요?"

"며칠 만에 만났는데 차갑기는."

그렇게 말하며 복도 모퉁이에서 나온 사유키가 입을 삐죽거렸다.

체험학습이 있었기 때문에 며칠 만에 봤지만 여전한 글래머였다.

"그래서 정말 뭐 하고 있었어요?"

"케이키가 계속 부실에 안 오길래 학교 안을 찾아다니고 있었어. 그런데 케이키가 후지모토의 선거 포스터를 붙이고 있잖아? 체험학습도 끝났고 오랜만에 만날 수 있다고 생각해서 엄청 설렜는데 학생회 일을 도와주고 있는 걸 보니 주인님의 귀가를 기다리던 충견으로서 복잡한 기분이 들더라고."

"아아, 그래서 유감스러운 듯이 보고 있었군요."

아무래도 상관없지만, 용케 그렇게 긴 문장을 더듬지도 않고 말할 수 있다는 사실에 감탄했다.

"케이키도 적어도 연락 한 번 해줬으면 어땠을까?"

"죄송해요, 연락하는 걸 깜빡했어요."

"날 너무 엉성하게 취급하는 거 아니야?! ……뭐, 그건 그거대로 방치 플레이 느낌이 나서 좋긴 하지만."

"그런 일로 일일이 흥분하지 마세요."

만난 지 몇 분 만에 도M의 기질을 발휘하는 사유키 씨였다.

"그런데 왜 케이키가 선거를 도와주고 있는 거야?"

"후지모토에게 부탁받았거든요. 선거가 끝날 때까지 후지모토의 비서로 일하기로 했어요."

"비서라고?"

사정을 설명하자 『비서』라는 단어에 사유키가 반응을 보였다.

"비서라면 기업 사장이나 정치가와 함께 있는 그 비서?"

"뭐, 그런 거죠."

"24시간 고용주 곁에서 일을 도와주거나 커피를 타거나 밤에도 상대를 하는 그 비서?"

"마지막은 아니지만 대충 맞아요."

대체로 틀리지 않았기 때문에 인정했다.

그러자 사유키가 볼을 불룩 부풀렸다.

"치사해! 케이키가 비서가 되어준다면 나도 회장에 입후보할래!"

"그건 무리예요. 3학년은 선거에 나갈 수 없잖아요."

"그게 무슨……."

입후보할 수 없다는 사실을 진심으로 분해하는 여고생이 여기 있었다.

"……아니, 케이키는 학생회와는 인연을 끊었다고 생각했는데?"

"하지만 곤란해진 후지모토를 내버려 둘 순 없으니까요."

"으윽……."

"그래서 당분간 부실에 못 가게 될 것 같아요."

"……알았어. 마음대로 해."

"응? 의외로 깔끔하게 승낙하시네요."

솔직히 좀 더 저항할 줄 알았는데.

"케이키를 빼앗긴 건 화가 나지만 또 한 사람의 공약을 보면……."

이미 입후보자 이름과 공약은 공표되었다.

사유키도 그걸 본 모양이었다.

"연애 금지라는 건 불순이성교제도 금지된다는 뜻이잖아? 그렇게 되면 학교에서 케이키와 이런 일 저런 일을 못하게 될 거 아니야."

"사유키 선배는 대체 교내에서 무슨 짓을 할 생각인 거죠?"

"그런 건 부끄러워서 내 입으로 직접 말 못 해."

"선배가 말 못 한다는 건 상당한 일이란는 뜻이군요……."

"뭣하면 지금부터 부실에서 실천해볼래?"

"사양할게요."

고개를 끄덕이면 마지막에 소중한 무언가를 빼앗길 것 같은 예감이 들었다.

그리고 참고로 불순이성교제는 어차피 금지되고 있었다.

"하지만 선거에 임할 거라면 방심하지 않는 게 좋을 거야. 그 오니즈카라는 2학년 여자아이, 아까 봤는데 꽤나 만만치 않은 상대 같았으니까."

"무슨 뜻이에요?"

"남자를 곁에 두고 자신의 목적을 위해 움직이게 하다니, 제법이던데. 그 오만함은 후지모토도 본받아야 한다고 생각해."

"후지모토는 그런 타입이 아니에요."

"하지만 학생회장이 된다는 건 리더가 된다는 뜻이잖아? 부하들을 통솔해야 하니까 좀 강압적이지 않으면 해내지 못하지 않을까?"

"그건 확실히⋯⋯."

현 학생회장인 타카사키 시호도 가끔 강압적인 부분이 있었다.

그런 의미로 보면 메구미에게도 리더의 소질이 있는 거겠지.

"케이키도 많은 여자를 곁에 두고 뽐내는 정도의 기개가 없으면 하렘왕의 이름이 울게 될 거야."

"그런 왕은 울게 둬도 괜찮아요."

"그건 즉, 케이키의 펫은 나 하나로 충분하다는 뜻? 너무 기뻐."

"얼마나 긍정적인 거야? 이 사람⋯⋯."

이 꺾이지 않는 불굴의 정신은 꼭 배우고 싶은 부분이었다.

"뭐, 그러니까 최선을 다해 후지모토를 도와줘."

"네, 감사합니다."

"그리고 가끔은 나도 신경 써주지 않으면 다른 주인님을 찾아볼 거야."

"그건 전혀 상관없는데요."

"신경 써줘!! 그건 신경 써주지 않으면 안 되는 부분이라고!! 혼신의 힘을 다한 나의 심쿵 대사였는데!!"

방금 그게 사유키가 혼신의 힘을 다한 심쿵 대사였다고 한다.

"바보! 케이키 바보! 다른 주인님 따위 절대로 안 찾을 거야!"

거듭 바보라고 외치며 살짝 눈물을 글썽이는 사유키 아가씨.

화가 난 건지 부들부들 어깨를 떨면서 그녀는 복도를 달려 나갔다.

"오늘 사유키 선배, 왠지 좀 거칠었어……."

최근 신경을 못 써줘서 여러 가지로 쌓여있는 걸지도 모르겠다.

그래도 선거를 방해하지 않는 건 그녀 나름대로 앞으로의 학교생활을 생각해서겠지.

딱히 사유키와 SM 플레이를 하고 싶은 건 아니지만 남녀교제가 전면 금지되는 건 역시 거북하게 느껴졌다.

연애 금지라는 목줄을 차는 건 절대로 싫었다.

◇

선거 준비 이튿째. 화요일 점심시간.

도서위원 당번을 맡은 케이키는 도서실 카운터에서 자리를 지키는 중이었다.

참고로 사서 선생님께 허가를 받아 뒤쪽 게시판에도 아야노의 포스터를 붙여두었다.

그리고 케이키 옆에는 파트너인 코가 유이카가 한가한 듯 발을 대롱대롱 흔들고 있었다.

"그러고 보니 케이키 선배?"

"응?"

"후지모토 선배의 비서가 됐다는 게 정말이에요?"

"으응, 선거를 도와달라고 부탁받아서."

"……흐음?"

"뭐야? 무슨 불만이라도?"

"아니요?"

그렇게 말하면서도 그녀는 기분 안 좋은 듯 입술을 삐죽거렸다.

"유이카의 노예는 되어주지 않으면서 후지모토 선배의 비서는 되어주는구나 싶어서요."

"비서라고 해도 선거가 끝날 때까지니까."

"케이키 선배, 야해요……."

"왜?!"

"아니, 아까부터 유이카의 허벅지만 보고 있잖아요."

"들켰다!"

힐끔힐끔 다리를 훔쳐보고 있었던 걸 꿰뚫어 보고 있었던 모양이다.

유이카가 발을 대롱대롱 흔들어대는 탓에 치마와 양말 사이의 절대 영역이 강조되어 신경이 쓰였다.

그곳에 에로스가 있으면 자신도 모르게 눈이 따라가고 만다.

남자라는 건 그런 생물이었다.

훔쳐보는 걸 들켜서 당황한 상급생을 금발 소녀가 생기 있는 미소를 지으며 바라보았다.

"그렇게 신경 쓰이면 언제든 꾹꾹 눌러줄게요."

"딱히 밟히고 싶어서 본 게 아니거든."

"정말─, 솔직하지 못하다니까."

"정말 솔직한 코멘트였는데……."

벌을 받고 싶어 하는 변태처럼 말하지 말아줬으면 좋겠다.

난 순수하게 여자의 허벅지를 즐기고 있었던 것뿐이었다.

"뭐, 케이키 선배가 허벅지 페티시스트였다는 건 둘째 치고."

"오히려 싫어하는 남자가 있으면 한번 나와 보라고 하지?"

"작년에는 선거 같은 건 없었잖아요? 왜 올해는 선거를 하는 거예요?"

"아아, 기본적으로 회장직은 전임자가 임명하니까 원래라면 후지모토가 이어받을 예정이었는데 이번에는 오니즈카가 입후보했으니까."

"그런 거예요?"

납득한 듯 유이카가 고개를 끄덕였다.

그녀도 선거에 흥미가 있는 것 같았다.

"유이카 반에서도 다들 선거에 대한 이야기꽃을 피우고 있어요. 지금까지는 실적이 있는 후지모토 선배가 우세하지만 오니즈카 선배도 미인이라 일부 남자아이들이 시끄럽게 굴더라고요."

"굳이 말하고 싶진 않지만 선거라는 건 후보자의 겉모습도 영향을 주니까."

실제 선거에서도 그런 일은 많았다.

이번 선거의 경우 둘 다 미소녀라 별로 관계는 없겠지만.

"참고로 유이카는 어느 쪽을 뽑을 생각이야?"

"케이키 선배가 노예가 되어준다면 후지모토 선배를 뽑을게요."

"귀중한 한 표지만 역시 인생을 걸 순 없을 것 같아."

"비율이 불만이라면 유이카의 한 표에 플러스해서 이런 건 어때요?"

슬쩍 치마 소매를 들어 올리는 유이카.

허벅지가 드러났고, 조금만 더 올리면 팬티가 보일 것 같았다.

"저기, 뭐 하는 거야?!"

"케이키 선배만의 특별 서비스예요. 팬티를 본 것 같은 얼굴을 하고 있길래."

"대체 어떤 얼굴을?! 팬티 같은 건 조금도 생각하지 않았는데."

"하지만 오늘은 월등히 귀여운 걸 입고 왔어요."

"됐으니까 치마 내려."

"쳇—."

재미없다는 듯 유이카가 치마를 내렸다.

그리고 원래 하던 이야기로 돌아왔다.

"뭐, 유이카 입장에서도 부회장의 성격은 알고 있고 연애 금지처럼 쓸데없이 감독하는 것도 싫으니까 후지모토 선배한테 투표할 생각이에요."

"그래?"

유이카의 의견도 대충 사유키와 같았다.

"하지만 그중에는 오니즈카 선배를 미는 사람도 있는 것 같더라고요."

"뭐, 모두가 전부 같은 의견을 갖고 있는 건 아니니까."

"그렇죠. 남자들도 글래머파랑 빈유파로 의견이 갈리니

까요."

"왜 그런 걸 예로 든 거야?"

"정말, 모든 글래머는 멸망했으면 좋겠어요♪"

"멋진 미소를 지으면서 엄청 위험한 발언을 하고 있어······."

후배가 어둠에 빠질 것 같아 화제를 바꾸었다.

"맞다, 유이카에게 부탁이 있는데."

"뭔데요?"

"방과 후 당번 말인데, 선거를 도와줘야 해서 난 빠지는 걸로 부탁하고 싶어서."

"과연. 케이키 선배는 유이카에게 일을 떠맡기고 자기는 다른 여자랑 랑데부할 생각이군요."

"그 말은 너무 심한 거 아니야?"

"하지만 그건 유이카에게 아무런 메리트도 없잖아요? 나름대로의 성의를 보여준다면 생각을 해보겠지만요."

"뭘 원해?"

"오히려 어디까지 OK인가요? 양초 플레이는 옵션에 포함되나요?"

"포함 안 되거든요. 상식적인 범위 내에서 부탁드립니다."

"그럼 다음에 유이카한테 파르페 사주세요."

"뭐, 그 정도라면······."

계약 성립.

파르페 한 잔으로 협력을 얻어낼 수 있다면 저렴한 거지.

"─뭐야? 키류잖아."

"네?"

갑작스러운 말소리에 케이키가 고개를 들자 카운터 앞에 살짝 눈빛이 사나운 남학생이 서 있었다.

키는 케이키보다 좀 큰 정도.

찰랑거리는 앞머리를 정확하게 반으로 가른, 꽤나 깔끔한 외모를 갖고 있었다.

아담한 막대 모양의 필통과 수학 교과서를 갖고 있는 걸로 봐선 도서실에 공부를 하러 온 거라고 추측할 수 있었다.

"도서위원 당번이야? 수고가 많네."

"……아, 네. 감사합니다……."

친근한 태도에 곤혹스러워하면서 그렇게 대답했다.

예리한 눈매와는 정반대로 생각보다 부드러운 언행의 그는 시선을 유이카에게로 옮겼다.

"같이 있는 걸 자주 봤는데 그쪽이 혹시 키류의 여자친구?"

"유이카가 여자친구라니 꽤나 황송한데요……."

"아하하, 그렇게 부끄러워하지 마. ……그럼 난 방해하면 안 되니까 안쪽 자리에서 공부하도록 할게."

"아, 네. 편하게 하세요……."

편견이 심한 타입인 건지 그는 일방적으로 착각을 작렬하면서 창가에 있는 테이블 쪽으로 걸어갔다.

"방금 그 사람, 케이키 선배랑 아는 사이예요?"

"그런 것 같은데…… 누구였지?"

순간적으로 응수를 하고 말았지만 그가 누구인지 알 수가 없었다.

말투로 봐서는 아는 사이인 게 틀림없는 것 같고, 인상적인 눈매를 하고 있어 한 번 얼굴을 마주하면 못 잊을 것 같은데 도저히 떠오르지 않았다.

"……그것보다 케이키 선배?"

"응?"

"유이카랑 선배가 연인 사이로 보인 걸까요?"

"그, 글쎄……."

유이카와 케이키라면 하늘과 땅 차이일 것 같은데…….

"사실은 연인이 아니라 주인과 노예의 관계지만요."

"그것도 아니거든."

평소의 태클에 유이카가 이상하다는 듯 웃었다.

정말 이렇게 귀여운 여자아이가 도S의 여왕님을 지망하다니, 이제 와서 하는 말이지만 세상은 수수께끼투성이인 것 같다.

방과 후, 케이키는 학생회실에서 서류 작업을 하고 있었다.

짬짬이 커피를 마시면서 선거비용 계산이나 전표 정리를 하고 있는데 밖에서 돌아다니던 아이라와 아야노가 돌아왔다.

"다녀왔습니다."

"피곤해……."

아이리는 평소와 다름없었지만 아야노는 명백하게 지쳐 있어서 무심코 '오, 오오……' 하고 진귀한 짐승을 본 것 같은 반응을 보이고 말았다.

"무슨 일이야, 후지모토? 굉장히 여윈 것 같은데……."

"방금까지 밖에서 악수회를 했거든……."

"악수회?"

그 물음에 즉각 아이리가 답했다.

"전단지는 거의 다 나눠줘서 새로운 방법으로 공격해보려고요."

"아―, 과연……."

아야노는 마주하고 누군가와 말하는 걸 좋아하지 않았다.

상대의 눈을 보며 이야기하는 걸 싫어했기 때문에 앞머리로 한쪽 눈을 가리고 있을 정도였으니,

악수회는 상당한 부담이었겠지.

"후지모토는 그런 건 별로 안 좋아하니까."

"응, 기운을 엄청나게 소모했어……."

목소리에도 패기가 없었다.

마치 만원열차에서 몹시 시달린 정년이 얼마 안 남은 샐러리맨 같았다.

역시 가여운 마음에 본부장에게 진언했다.

"후지모토를 너무 무리시키지 않는 게 좋지 않을까?"

"저도 아야노 선배가 남자들이랑 악수하는 건 시키고 싶지 않아요. 하지만 이것도 선거에 이기기 위해서니까요."

"나가세는 악마 조교구나."

"누구더러 악마 조교라는 거예요?"

갈래머리를 휘날리며 아이리가 고개를 휙 돌렸다.

그러다 자신의 성과를 자랑하려는 듯 '흐흥' 하고 미소를 지었다.

"하지만 악수회 반응은 꽤 좋았어요."

"뭐, 후지모토는 귀여우니까. 손을 잡아주면 남자들은 단번에 넘어올 거야."

"단번에……."

무슨 생각을 한 건지 아야노가 종종걸음으로 옆으로 다가왔다.

그리고는 갑자기 그 양손으로 케이키의 손을 잡았다.

"저기— 그러니까……후지모토? 뭐 하는 거야?"

"이러면 키류도 단번에 넘어오는 거야?"

"아, 응……그럴지도."

잘은 모르겠지만 눈을 치켜뜨고 물어보는 모습이 귀여웠기 때문에 틀림없을 거라고 보증했다.

이런 아이가 있다면 악수회도 나쁘지 않을 것 같아.

"키류?"

"응?"

"키류에게 비서로서의 일을 부탁하고 싶어."

"뭐, 뭔데?"

"아야노를 충전시켜줘."

"뭐……?"

대답도 전에 이미 아야노는 행동으로 옮기고 있었다.

의자에 앉은 케이키를 부둥켜안더니 그 가슴에 얼굴을 묻고 마음껏 킁킁거리기 시작했다.

"하아하아…… 오랜만에 맡는 키류 냄새……살 것 같아……."

"그러고 보니 요즘은 냄새를 안 맡았지……."

"이렇게 향기로운 냄새를 내뿜다니, 키류는 정말 비정상적인 것 같아."

"비정상적인 건 이 상황과 후지모토의 성벽 같은데."

그런 대화를 나누면서 얌전히 냄새를 제공하고 있자 갈래머리를 한 후배가 말똥말똥 이쪽을 보고 있었다.

"……키류 선배, 변태."

"난 아무 짓도 안 했잖아."

"그리고 아야노 선배한테 안겼으니까 좀 더 기뻐하는 게 어때요?"

"체취를 빨아들이고 있는데 어떻게 기뻐하라는 거야? ……아──, 후지모토? 나가세도 무섭고 이제 그만 떨어져

줄래?"

"아쉽지만 어쩔 수 없지."

설득에 의해 변태 소녀를 떼어놓는 데에 성공.

충전으로 만족한 건지 아야노의 피부가 반들반들해졌다.

"우선 선거는 순조롭습니다. 악수회도 성황이었고 그렇게 많은 학생에게 사랑받다니, 역시 아야노 선배는 대단해요."

"오니즈카 진영에서도 눈에 띄는 움직임은 없는 것 같고 이대로 가면 당선은 확실하겠네."

원래 실적과 지명도가 있는 아야노가 유리하다는 건 누가 봐도 명확했다.

선거는 이른바 인기투표로 보다 많은 사람에게 이름을 기억시킨 후보자가 승리를 거머쥔다.

후지모토 부회장의 인품은 널리 알려져 있었고 착하고 성실한 성격의 그녀이기 때문에 많은 학생들에게 사랑받고 있었다.

그렇기 때문에 모두가 아야노의 승리를 믿어 의심치 않았고 마음 한편으로 오니즈카 진영이 전세를 뒤집을 리 없다고 생각했다.

만사가 순조롭게 진행되고 있는 후지모토 진영에 그림자가 드리워진 건 그 직후였다.

"—크, 큰일 났어요!"

기세 좋게 문을 열고 여장을 한 린코가 학생회실로 뛰어

들어왔다.

"경박하잖아, 린코. 그런 차림으로 뛰면 네가 자랑하는 팬티가 다 보여."

"내 팬티가 보이는 건 지금 아무래도 상관없다고요!"

"아니, 물론 아무래도 상관없지만……."

"그것보다 이것 좀 봐주세요!"

어지간히 여유가 없었던 모양이다.

태클을 무시한 린코가 테이블 위에 프린트를 내동댕이 쳤다.

"이건…… 학생회 선거 지지율 조사결과?"

"신문부가 학생들을 취재해서 모은 데이터라고 해요. 아까 거기서 호외를 발행하길래 받아왔는데……."

"아니……하지만, 이건……."

"네……예상보다 아야논 선배와 오니즈카 선배의 지지율이 팽팽해요."

원그래프로 정리된 조사결과.

그에 의하면 아야노의 지지율은 55퍼센트.

그에 비해 메구미가 38퍼센트를 얻고 있다는 결과였다.

참고로 나머지 7퍼센트는『어느 쪽이라고도 말할 수 없다』였다.

숫자상으로는 이기고 있지만 예상한 대로라면 좀 더 차이가 벌어져야 했다.

놀랄 만한 것은 후원자도 없는 메구미가 40프로 가까운 지지를 받고 있다는 점.

그건 명확한 위세였고 앞으로의 선거 추이에 따라서는 역전될 위험이 있다는 것을 나타내고 있었다.

초등학교에 올라갔을 때, 메구미는 같은 반 남자아이들에게 『귀신 아이』라고 불렸다.

오니즈카라는 이름이 특이해서 자주 '술래야, 이쪽이야~'라는 놀림도 당했다.

지금 생각해보면 아무 의미 없는, 그저 이름을 비꼰 것뿐인 별명이었지만 메구미는 그 별명이 정말 싫었다.

딱히 좋아서 이 이름을 갖게 된 것도 아니었고 이름에 대해 이러쿵저러쿵 말을 들을 이유도 없었고 애초에 압도적으로 귀엽지 않았다.

번거롭게 '난 귀신 아이가 아니야!'라고 반항한 적도 있었지만 그건 악수였다.

그런 아이들은 반응을 해주면 반대로 기뻐하니까.

그래서 머지않아 메구미는 아무런 말도 하지 않게 되었다.

귀신 아이라고 불러도 아무 말 하지 않기로 했다.

그때였다, 메구미 앞에 왕자님이 나타난 건.

그 남자아이는 갑자기 이웃집으로 이사를 와서는 하교 중에 메구미를 놀리고 있던 남자아이들을 눈 깜짝할 사이에 쫓아버리고 말았다.

특별히 그 아이가 강했던 것도 아니었다.

한 살 연상이라 그만큼 체격이 좀 큰 것뿐이었다.

그래도 당시 메구미에게 그는 틀림없는 히어로였다.

"실례잖아, 귀신 아이라니."

도와준 후 그 아이는 그런 말을 했다.

"메구미는 귀신 아이라기보다 공주님 같은데."

"공주님?"

"응. 이렇게 귀엽잖아."

"……."

처음이었다. 남자한테 그런 말을 들은 건.

자신을 구해준 것과 공주님이라고 불러준 게 너무 기뻐서.

놀림을 받을 때도 흐르지 않았던 눈물이 흘러내려 그 아이를 곤란하게 만들고 말았다.

그게 자신의 첫사랑이라는 걸 깨달은 건 그로부터 몇 년 후의 일이었다.

◇

린코가 『지지율 조사결과』를 갖고 온 몇 분 후, 학생회실은 무거운 공기로 가득 차 있었다.

테이블을 둘러싸고 자리에 앉은 4명의 표정은 한결같이 어두웠다.

그런 가운데 선대본부장을 맡고 있는 아이리가 침묵을 깼다.

"큰일이네요…… 설마 오니즈카 선배가 이렇게까지 지지를 받을 줄이야……."

"그래, 무명의 후보자라고 생각하고 얕봤어……."

"나도 솔직히 좀 더 차이가 있을 거라고 생각했어요."

"……."

케이키와 린코가 의견을 표했고 아야노는 아무 말 없이 손에 든 조사 결과지를 바라보고 있었다.

메구미의 지지율이 생각한 것 이상으로 높았다.

38퍼센트라니, 아직 선거 준비 이틀째인데 40퍼센트 가까이의 표를 얻은 것이다.

원래라면 현 부회장이라 지명도에서도 유리한 아야노와 더 큰 차이가 났어야 했다.

(뭔가 계략이 있는 건가……?)

무명인 메구미가 지지를 얻고 있는 이유.

그걸 안다면 대응할 수 있을 텐데…….

"저기, 이 신문부 조사는 어디까지 정확한 거야? 우연히 이야기를 물어본 학생들 중에 오니즈카의 지지자가 많았을 가능성도 있잖아?"

청취 조사에 치우침이 있었을 가능성을 시사하자,

"그건 아닐 거예요."

"저도 그렇게 생각해요."

린코와 아이리 두 사람 모두 부정했다.

그리고 아이리가 해설해주었다.

"우리학교 신문부는 정확한 정보 발신에 목숨을 걸고 있으니까요. 기자들도 우수하고 이 숫자는 꽤 정확하다고 생각해도 될 거예요."

"그럼 신문부 자체에 오니즈카의 지지자가 있을 가능성은?"

"그야말로 있을 수 없는 일이에요. 현재 부장이 촌탁이나 권력자의 안색을 살피는 그런 미디어의 자세를 아주 싫어하고 학생들을 위한 공정한 보도를 정책으로 하고 있으니까."

"과연……."

아이리의 말대로라면 신문부 부장은 돈이나 권력에 굴하는 타입은 아니었다.

이 지지율 결과는 어느 정도 신뢰할 수 있다는 뜻이다.

그걸 알게 된 시점에서 린코가 입을 열었다.

"하지만 그렇다면 어째서 오니즈카 선배는 이렇게 많은 지지를 받는 걸까요? 교칙으로 연애를 금지하는 건 모두 싫어할 만한 공약인데."

"그러게……."

그의 의견은 지당했다.

메구미는 포스터에서도 교내 연설에서도 당당하게 『연애 금지화』를 공언하고 있었다.

꽃다운 고등학생들이 그걸 지지하는 건 왜일까?

멋진 이성과 사랑을 하며 충실한 날들을 보내는 건 모든 중고생들이 마음속으로 그리는 동경의 스쿨 라이프일 텐데.

"어쩌면…… 반대 아닐까요?"

"반대?"

되묻자 발언한 아이리가 고개를 끄덕였다.

"교내 커플들은 학교 전체로 보면 소수파잖아요? 대다수의 학생들은 솔로고 자신에게 연인이 생기지 않으니까 교제하는 사람들을 방해하려고 하는 거라면?"

"과연……원한이라……."

있을 법한 이야기였고 케이키도 짚이는 데가 있었다.

"나도 교내에서 커플이 다정한 시간을 보내고 있으면 폭발했으면 좋겠다고 생각하니까."

"키류 선배, 최악이네요……."

"인간이니까."

친구인 쇼마와 코하루가 눈앞에서 꽁냥대고 있으면 '다른 데서 해'라고 생각할 때가 있었다.

연애와 인연이 없는 젊은이들의 심리는 그런 것이었다.

"여자친구가 생기지 않는다면 차라리 모두 파국으로 만들어버리자는 거군요!"

"솔로 학생들에게 오니즈카의 공약은 어떤 의미에서 구원일지도 몰라."

린코가 미소 지으며 정리했고 케이키가 온순한 표정으로

견해를 밝혔다.

그리고 아이리가 어려운 문제를 풀었다는 듯이 미간을 찌푸렸다.

"그걸 고려해도 단기간에 이렇게까지 지지를 얻는 건 상당히 어려울 거예요. 오니즈카 선배는 사람들 마음을 장악하는 데에 뛰어난 것 같아요."

"그래, 역시 오타쿠들의 공주님을 자칭할 만해."

인기 없는 남자들의 심리를 숙지하고 있는 것이다.

오니즈카 메구미는 생각한 것 이상으로 만만치 않은 상대였다.

"이거, 멍하니 있으면 안 되겠는데……."

신문부가 발표한 지지율은 선거의 어려움을 통감하게 만드는 것이었다.

역시 현 시점에서는 아야노가 더 우세지만 앞으로의 전세에 따라서는 뒤집힐 가능성이 충분했다.

"어쨌든 뭔가 대책을 세울 필요가 있겠어."

대책회의 전에 일단 잠시 쉬기로 하고 학생회실을 나간 케이키는 당분을 섭취하기 위해 근처 자판기까지 걸어갔다.

잔돈을 투입하고 망설임 없이 딸기 우유를 구입.

커피나 홍차라면 학생회실에도 있지만 공연히 이게 마시고 싶은 기분이었다.

"─키류."

"으앗?! ……응? 뭐야? 후지모토였어?"

종이팩을 꺼내는 타이밍에 등 뒤에서 누군가가 말을 걸어
뒤를 돌아보니 아야노가 무료한 표정으로 서 있었다.

"후지모토도 당분 보충?"

"아니……."

절레절레 고개를 가로 저었다.

그러고는 주저하며 입을 열었다.

"키류랑 이야기가 하고 싶어서."

"이야기?"

일부러 쫓아왔다는 건 학생회실에서는 할 수 없는 이야기
라는 뜻인가.

케이키가 의도를 파악하지 못하는 사이 아야노가 꾸벅 고
개를 숙였다.

"미안해. 내가 믿음직스럽지 못해서 폐를 끼쳤어……."

"아아……."

그때 겨우 점과 선이 이어졌다.

"혹시 지지율이 신경 쓰여?"

"……."

우울한 표정으로 아야노가 작게 끄덕였다.

그러고 보니 이야기를 나눌 때도 아야노는 전혀 말을 하
지 않았었다.

케이키나 임원들이 지지율 결과로 시끄럽게 군 탓에 불안해진 거겠지.

"딱히 후지모토가 잘못한 게 아니잖아. 예상외로 상대가 수완가였을 뿐이지, 우리의 우세는 변함이 없고."

"키류……."

살짝 고개를 든 아야노.

하지만 또 바로 고개를 숙이고 말았다.

"하지만 난 아무 말도 못 했어…… 키류랑 임원들이 서로 의논하고 있는데……이런 내가 회장이 되면 모두를 하나로 모을 수 없지 않을까……."

"그건……."

아마 그녀가 품고 있던 망설임도 선거가 없었다면 생기지 않았을 것이다.

메구미라는 라이벌이 나타나 누군가와 비교되면서 자신이 정말 학생회장에 어울리는지 불안해진 것이었다.

선거는 잔혹했고 자신에 대한 학생들의 평가가 지지율이 되어 나타나고 만다.

그 압박감은 결코 가벼운 건 아닐 것이다.

"후지모토는 좀 더 억지를 부려도 괜찮다고 생각해."

"억지?"

"사유키 선배가 말했어. 리더는 약간 오만한 정도가 딱 좋다고. 지시를 내리는 게 어렵다면 그런 걸 잘하는 나가세에게 맡기면 돼. 잡무라면 린타로가 기꺼이 맡아줄 거고 후지모토가 전부 짊어질 필요는 없어. 타카사키 선배도 모두에게 능숙하게 일을 나눠줬잖아."

"아……."

"그래도 불안하다면 선거에서 확인해보면 돼. 오니즈카를 누르고 당선되면 후지모토가 회장에 어울린다는 뜻 아니겠어?"

그렇게 말하며 미소를 짓자 그녀는 어안이 벙벙해진 얼굴로 그를 바라보았다.

그 이후 '후훗' 결국 참지 못하고 웃음을 터뜨렸다.

"키류는 너무 단순한 것 같아."

아야노에게 건넨 말은 물론 진심이었다.

그녀가 학생회장이 된다면 학교가 좀 더 즐거워질 것이다.

"하지만 고마워. 왠지 후련해진 것 같아."

"고민이 있으면 뭐든 말해줘. 지금의 난 후지모토의 비서니까."

"그럼 바로 부탁이 있는데……."

"오오, 뭔데?"

그녀에게 묻자 대답 대신 아야노가 그를 끌어안았다.

"충전…… 시켜줘."

"이 타이밍에? ……뭐, 좋아."

아야노가 힘껏 냄새를 맡자 미묘한 기분이 들었지만 이걸로 그녀가 기운을 차릴 수 있다면 몸을 내미는 것도 흔쾌히 할 수 있었다.

"그리고 선거에서 이기면 키류의 팬티를—."

"안 줄 겁니다."

그건 제대로 거절했다.

선거 활동 중 해야 하는 일은 대충 정해져 있었다.

우선 선거 포스터를 가능한 한 많은 장소에 붙이고 이름을 기억시키는 것.

그리고 중요한 게 교내 연설이었다.

후보자의 모습을 직접 보고 그 호소를 들으면 자연스럽게 응원하고 싶어지는 법이다.

그런 의미에서는 아이리가 제안한 악수 작전도 효과적이었다고 할 수 있다.

귀여운 여자아이와 악수를 하면 남자들은 기뻐하고, 사람에 따라서는 아이돌 악수회를 위해 거금을 지불할 정도니 그 효과는 절대적이었다.

뭐, 그러한 선거 사정을 근거로 대책회의가 열렸는데—.

"한 마디로 현대의 학생들이 원하는 건 자극! 새로움입니다!"

휴식이 끝나고 시호를 제외한 멤버들이 자리에 앉은 학생회실에서 여성용 교복과 치마로 꼼꼼하게 여장을 한 린코가 소리 높여 말을 내뱉었다.

"구태의연한 자세로는 신진기예의 오니즈카 진영에 표를 빼앗기게 될 겁니다! 우리도 임팩트를 추구해야 합니다!"

"미타니치고는 제대로 된 의견인데……."

"그래서, 구체적으로는 어떻게 하자는 거야?"

"아야논 선배에게 남장을 시키는 건 어떨까요?!"

막다른 골목이었다.

아이리와 케이키가 동시에 한숨을 내쉬었다.

학생회 임원들은 정예들이 모였지만 현 회장을 포함해 선거는 경험한 적 없었다.

선거 활동에 관한 노하우가 전혀 없었다.

"지지율 상승으로 이어질 만한 방안이 좀처럼 안 나오네……."

"선거는 너무 어려운 것 같아."

케이키의 중얼거림에 아야노가 성실하게 동의했다.

"하지만 그렇게 당황해하지 않아도 괜찮지 않을까요?"

분위기가 가라앉은 회의에서 도움을 준 건 아이리였다.

"지지율은 우리가 리드하고 있고 무리하게 태도를 바꾸는 것보다 착실하게 평소처럼 하는 게 보다 낫다고 생각해요. 그리고 역시 연애 안티는 이 이상 늘어나지 않을 거예요."

"맞는 말이야, 남자친구, 여자친구를 가진 학생들은 오니즈카를 맹렬하게 반대하고 있으니까."

귀여운 로리 소녀가 여자친구인 쇼마도 당연히 반대하고
있었다.

지금이 가장 즐거운 시기인데 방해받고 싶진 않겠지.

교내 커플들은 틀림없이 아야노에게 투표할 것이다.

게다가 아야노에게는 인망으로 쌓아둔 고정표가 있었다.

연애 안티만을 의지하며 상승이 전망되지 않는 오니즈카
진영이 불리한 건 명확했다.

"그렇게 되면 이대로 착실하게 가는 것도 방법인가……."

"하지만 케이 선배? 상대가 단기간에 지지를 얻었다는
건 사실이잖아요. 연애 안티 이외에도 숨은 표가 있을지 몰
라요."

"으음……."

린코의 의견도 일리가 있었다.

자만이야말로 최대의 적이라고 누군가 높은 사람도 그러
지 않았나.

"나도 할 수 있는 건 뭐든 하고 싶어."

"후지모토……."

부회장이 그렇게 말한다면 수긍할 수밖에 없었다.

그녀의 비서로서 새로운 작전을 생각해보았다.

"문제는 어떻게 유권자들에게 어필하는가야. 평범하게
교내 연설을 하는 것만으론 지금까지와 변함이 없을 텐데."

"좀 생각해봤는데요, 아야논 선배를 아이돌로 만드는 건

어때요?"

"아이돌로?!"

린코가 또 엉뚱한 말을 꺼냈다.

"아이돌 총선거라는 게 있잖아요. 선거는 어쨌든 인기투표니까 톱으로 활약하는 아이돌을 참고하면 지지율 상승으로 이어질 거라고 생각해요."

"하지만 구체적으로 뭘 해야 하는데?"

"아이돌은 자주 SNS로 사진을 업로드하잖아요? 우리도 인터넷을 사용해서 아야논 선배의 매력을 발신하는 거예요."

"과연. 학생회 홈페이지 같은 곳에 올려도 좋을 것 같아."

지금은 뭐든 인터넷에서 정보를 얻는 시대였다.

선거 고지 이후 홈페이지 접속도 늘고 있으니 거기에 아야노의 사진을 올리면 선전효과가 있을지도 모른다.

"사진을 올릴 거면 코하루 선배에게 디지털 카메라를 빌려올게."

"후후후, 그럴 필요 없어요. 키류 선배."

여기서 웬일인지 아이리가 자리에서 일어났다.

그리고 모두에게 자신의 스마트폰을 보여주면서 의기양양한 얼굴로 말했다.

"아야노 선배의 심쿵 브로마이드라면 제가 꽤 많이 갖고 있으니까요."

"왜 아이리가 그런 걸 갖고 있는 건데……?"

"그야 당연히 일이 있을 때마다 숨어서 촬영했으니까요."

"일이 있을 때마다 숨어서 촬영하지 마."

"하지만 지금은 도움이 되네요. 사진 찍는 것도 시간이 걸리는데."

린코의 말대로 시간은 한정되어 있었다.

고심 끝에 도촬에 대한 건 일단 보류하기로 결정했다.

다들 아이리 근처에 모여서 사진 품평회를 시작했다.

아이리가 찍어서 모아둔 컬렉션은 꽤 많았는데 정원 벤치에서 멍하니 바나나우유를 마시는 모습이나 학생회실에서 선잠을 자는 모습 등, 다양함도 여러 방면에 걸쳐있었다.

"아, 이거 귀여운데."

"뜨거운 음식을 잘 못 먹는 아야노 선배, 귀엽죠?"

학교 식당에서 나온 뜨거운 라면에 '아뜨뜨' 하며 혀를 내밀고 있는 사진 등 아이돌 급으로 빈틈이 없었다.

"여기 아야논 선배도 귀여운데요. 길고양이를 상대로 고양이 손을 하고 있는 모습."

"미타니 치고는 보는 눈이 있네."

"나가세는 그냥 뭐든 좋은 거잖아."

"……나, 너무 부끄러워서 죽고 싶어."

사진을 고르고 있는 임원들 뒤로 아야노가 받지 않아도 되는 타격을 입고 있었다.

이렇게 4명이 사진 고르기에 몰두하고 있는데 바쁜 시간에 짬을 내서 응원단장인 시호가 학생회실로 찾아왔다.

"……응? 다들 뭐 하는 거야?"

그 질문에 아이리와 린코가 대답했다.

"지금 홈페이지에 업로드할 아야노 선배의 사진을 고르고 있어요."

"이걸로 지지율 상승은 틀림없을 거예요!"

"뭐? 실명과 얼굴 사진을 인터넷에 올리는 건 안 될 텐데……?"

"""""아…….""""""

시호의 한마디에 『아이돌화 계획』은 중지되었고,

최종적으로 두 번째 악수회를 개최하는 걸로 결론지었다.

현대의 학교는 규정 준수에 엄격했다.

"다녀왔습니다—."

"어서 와, 오빠."

오후 7시 무렵, 선거 준비를 끝낸 케이키가 귀가하자 실내복 차림의 여동생이 거실 소파에서 무슨 책을 읽고 있었다.

"응? 뭐 읽어?"

"이거? 오늘 학교에서 만화연구부 사람이 나눠준 건데."

"만화연구부?"

받아든 그것은 만화연구부가 만들었다는 20페이지 정도의 얇은 만화 책자였다.

심플한 모양새에 『이뤄지지 못한 밤의 사랑이야기』라는 타이틀이 들쭉날쭉 적혀 있었다.

"엄청 재미있어. 좀 슬픈 이야기였지만."

"흐음…… 이것 좀 빌려도 될까?"

"응. 벌써 몇 번이나 읽었으니까."

미즈하에게서 책을 빌려 방으로 돌아간 케이키는 바로 그걸 펼쳤다.

가볍게 훑어보니 그건 한 여성의 사랑을 그려낸 이야기였다.

무대는 중세 유럽의 소국.

등장인물은 서로 사랑하지만 이뤄질 수 없는 운명에 놓인 남녀로, 허락되지 않는 사랑 때문에 결국 두 사람이 불행해지는 모습을 그리고 있었다.

짧지만 구성이 빼어났고 읽는 사람에게 『연애』의 시비를 묻는 듯한 스토리로 되어 있었다.

주인공들과 대비시키려는 건지, 행복한 생활을 하는 친구 부부도 등장하는데 독자에 따라서는 정말 '리얼충 폭발해버려'라고 생각해버릴 만한 장면도 담겨 있었다.

"오니즈카의 지지율이 올랐던 건 이런 이유에서였나……?"

이 만화가 연애 안티를 생산한 원인이겠지.

만화연구부가 온 힘을 다해 제작한 오리지널 만화.

그걸 학생들에게 무료로 배포해서 화제를 만들고, 받지

못한 사람들도 읽을 수 있도록 만화연구부 홈페이지에 업로드했던 것이다.

"친절하게 QR 코드까지 붙여놓고…… 만화연구부는 분명 축제 때도 동인지를 만들어서 팔았으니까 교내에 일정수의 팬이 있을 거야."

그래서 예상보다 메구미의 지지자가 많았던 것이다.

오니즈카 진영은 만화연구부가 가진 기술을 구사해서 이쪽이 상상도 못 한 방법으로 표를 모으고 있었다.

그리고 만화 책자의 판권장에는 스토리 원안에 오니즈카 메구미의 이름이 있었다.

"이 이야기를 메구미가 생각한 거야?"

그림은 남자부원들이 나눠서 그린 것 같았다.

스마트폰으로 알아보니 만화연구부 홈페이지에 이 만화가 게재된 건 일주일 정도 전.

이야기를 만든 것도 그림을 그린 것도 나름대로 시간이 걸렸을 텐데.

그렇다는 건 메구미는 꽤 오래 전부터 선거 준비를 하고 있었던 것이 된다.

그림도 예쁘고 연출도 스토리도 뛰어났다.

만화연구부가 만든 만화는 정성들여 만들었다는 게 느껴질 정도로 훌륭했다.

"미즈하가 눈을 반짝거리며 칭찬했으니까."

영화감상이 취미라 꽤 눈이 높은 여동생이 한 말이니 상당할 것이다.

(이렇게까지 해서 연애 금지에 집착하는 이유는 뭐지?)

오니즈카 메구미가 얼마나 진심으로 선거에 임하고 있는가.

그건 이 만화를 읽으면 일목요연하게 알 수 있었다.

하지만 그렇다고 선거의 목표로 하고 있는 『연애 금지화』에 집착하는 이유까진 알 수 없었다.

"……슬쩍 속을 떠볼까?"

딱히 약점을 잡아 우위에 서려는 건 아니었다.

다만 그 교칙을 성립시켜서 그녀에게 어떤 메리트가 있는지, 그녀가 무슨 생각으로 이 이야기를 쓴 것인지 신경이 쓰였다.

◇

선거 활동 3일째인 수요일.

케이키는 메구미의 목적을 알아내기 위해 아침부터 그녀의 동향을 관찰하고 있었다.

그녀는 같은 반 친구들과 쉬는 시간에는 반드시 이야기를 나누었고 수업태도도 평소처럼 진지했고 화장실에 갈 때는 몇 명이 함께 향하는 전형적인 여고생이었다.

"으—음……좀처럼 말을 걸 타이밍이 없네."

이렇게 성과 제로인 채 맞이한 점심시간.

도시락을 다 먹어치운 메구미가 홀로 교실을 빠져나갔다.

(좋아, 오니즈카에게 접촉할 찬스!)

드디어 도래한 좋은 기회에 의기양양하게 그 뒤를 따르는 케이키.

살금살금 스토킹을 개시했지만 의외로 메구미의 발이 빨랐고 케이키가 교실을 나갔을 때는 이미 계단으로 향하던 참이었다.

어떻게든 그녀가 1층으로 내려가는 것까지는 추적했는데 도중에 학교 식당에서 돌아오는 인파에 휩쓸리는 바람에 완전히 타깃을 놓치고 말았다.

"오니즈카는 어디로 갔지?"

이럴 줄 알았으면 체험학습 때 연락처를 물어봐 둘 걸 그랬다.

자신의 낮은 소통능력을 후회하면서 1층을 배회하고 있자,

"……응? 저 풍성한 머리칼은……."

건물 밖, 좀 추워 보이는 12월의 중앙정원에 홀로 덩그러니 어딘가를 바라보며 서성거리는 여학생의 모습이 보였다.

등을 돌리고는 있었지만 저렇게 풍성한 긴 머리칼은 그리

많지 않았다.

"뭘 보고 있는 거지?"

아무래도 교실 건물 2층을 바라보고 있는 것 같은데 여기서는 잘 알 수 없었다.

메구미가 그 자리에서 움직이려고 하지 않았기 때문에 이쪽에서 나서기로 했다.

실내화를 신은 채로 밖으로 나가 슬며시 그녀 옆으로 다가갔다.

"오니즈카?"

"으아악?!"

말을 걸자 메구미가 깜짝 놀란 고양이처럼 튀어 올랐다.

"누구?! ……응? 뭐야, 키류였어요……?"

목소리의 주인공이 같은 반 친구라는 걸 알고 '으윽……' 하고 화가 난 표정을 지었다.

"놀라게 좀 하지 마세요."

"아니, 나도 그렇게 놀랄 줄은 몰랐는데."

상상 이상으로 깜짝 놀라는 모습에 이쪽이 오히려 더 놀랐을 정도였다.

"오니즈카, 이런 곳에서 뭐 하는 거야?"

"……그냥 있어요."

"저 건물 창문 쪽을 보고 있었던 것 같은데?"

"아, 안 봤거든요! ……볼일 없으면 난 이만 가볼게요……."

"응?! 자, 잠깐만!"

"네?! 뭐, 뭐예요? 그렇게 허둥대고……?!"

건물로 돌아가려고 메구미가 등을 돌린 직후, 케이키는 서둘러 그녀를 불러 세웠다.

한편, 큰 목소리로 불러 세우자 메구미는 곤혹스러운 표정을 지었다.

"진정하고 들어줬으면 좋겠어…… 오니즈카가 그대로 건물로 들어가면 대참사가 일어날 거야."

"네? 무슨 뜻이죠?"

"차마 말하기 힘들지만 오니즈카의 치마가 완전히 말려 올라갔거든."

"흐앗?!"

놀라 뛰어오를 때 상의 속으로 파고든 거겠지.

치마 엉덩이 부분이 절묘한 느낌으로 말려 올라가서 그녀가 건물로 돌아가려 등을 돌린 순간, 노란색 팬티를 정확하게 목격하고 말았다.

서둘러 엉덩이 부분을 정돈한 메구미가 새빨개진 얼굴로 고개를 숙였다.

"……고, 고마워요. 덕분에 살았네요."

"별말씀을."

팬티가 보일 뻔한 비극을 미연에 방지하게 돼서 다행이었다.

"하지만 가능하면 좀 더 빨리 말해줬으면 좋았을 텐데요."

"다음부터 명심할게."

"다음은 없거든요!"

그렇게 말하며 어린애처럼 '이잇─' 하고 위협하는 메구미.

"……그럼 난 교실로 가볼게요."

"잠깐만. 그 전에 잠시 시간 좀 내줄래?"

"뭐예요? 혹시 고백하려고요?"

"할 말이 좀 있는 것뿐이야."

"……뭐, 팬티에 대한 은혜도 있고, 잠깐이라면 괜찮은데
요……."

역시 중앙정원은 추웠기 때문에 두 사람은 건물 안으로
들어갔다.

학생 현관 근처 자판기에서 따뜻한 캔 커피를 2개 구입해
그중 하나를 그녀에게 건넸다.

"내가 사는 거야."

"고마워요."

감사를 표하며 받아든 메구미.

벽에 등을 기댄 그녀는 뚜껑을 열지 않고 양손을 캔을 빙
그르르 굴렸다.

"후지모토의 비서가 적인 나와 친하게 지내도 되는 거예
요? 누가 보면 이상한 소문이 날지도 몰라요."

"같은 반 친구랑 이야기하는 건 이상한 게 아니잖아."

"그것도 그러네요."

그때 메구미는 드디어 캔 뚜껑을 열었다.

한 모금 마신 후 약간 경계를 담은 눈으로 케이키를 바라보았다.

"그래서, 대체 나에게 무슨 일이에요?"

"오니즈카에게 물어보고 싶은 게 있어."

"물어보고 싶은 것?"

"오니즈카는 어째서 연애를 금지하려고 하는 거야?"

교칙을 바꾸고 싶다는 건 현재 학교에 불만이 있다는 뜻이다.

지금의 학생회 멤버들은 학생들이 보다 좋은 학교생활을 보낼 수 있도록 진지하게 일하고 있었다.

교내 분위기는 나쁘지 않았고 케이키 자신도 생활하기 쉬운 학교라고 생각하고 있었다.

그렇기 때문에 아무리 생각해도 그녀의 목적을 알 수가 없었다.

"어째서⋯⋯?"

메구미의 입에서 흘러나온 건 감정을 억지로 누른 듯한 목소리.

"그야 모두가 나오를 상처 입혔기 때문이에요."

"나오⋯⋯?"

"키류도 면식이 있을 텐데요. 학생회의 미타니 린에게 속아서 호되게 차인 축제 실행위원회 위원장 말이에요."

"축제 실행위원회…… 위원장?"

그 검색 키워드에 걸린 건 한 명의 인물.

"설마 린타로한테 차인 위원장?!"

그렇다, 그건 10월 하순에 개최된 축제에서 일어난 비극.

위원장은 지적으로 보이는 안경을 쓴 남자 선배로 여자 교복을 입은 린을 여자로 착각하고 사랑의 고백을 감행했다가 산산이 부서졌던 사람이었다.

"맞아요. 축제 실행위원회 위원장— 이누이 나오야는 나의 소꿉친구예요."

"그런 상관관계가……."

축제 실행위원회 위원장의 일이 여기서 이어질 줄이야.

이 세상은 무슨 일이 일어날지 정말 알 수 없는 곳이었다.

"하지만 그게 왜 오니즈카가 입후보하는 이야기로 이어지는 건데?"

"미타니에게 차인 후 나오는 굉장히 우울해했어요. 짝사랑 상대가 여장을 한 남자였으니까 당연하겠지만요."

"뭐, 그렇겠지……."

마음속에 두고 있던 상대가 치마를 입은 여장 남자였다니.

그런 사실을 알게 되면 한 달은 틀어박히게 되겠지.

"나도 열심히 격려했지만 회복하질 못했고…… 머지않아 죽은 물고기 같은 눈으로 '이제 사랑 따윈 안 할 거야……'

라는 노래 가사 같은 말을 내뱉었어요."

"으, 으응……."

"실연해서 기분이 최악일 때 교내에서 알콩달콩 행복해 보이는 커플을 보면 어떤 기분이 들겠어요?"

"그건……."

우선 틀림없이 '리얼충 폭발해버려라'라고 생각하겠지.

여기까지 들으니 역시 케이키도 메구미가 품고 있는 마음을 이해할 수 있었다.

"그래서 난 나오를 위해 커플을 배제하기로 했어요. 학생회장이 되어서 이 학교를 연애 금지화 해서."

"그렇구나……."

메구미의 사정은 파악했다.

그녀는 실연한 소꿉친구를 위해 학교를 바꿀 생각이었다.

(즉, 이번 소동은 대충 린타로 때문이라는 거군.)

그 여장 남자의 죄상에 대해서는 일단 제쳐두고.

지금은 눈앞의 동급생에게 확인하지 않으면 안 되는 게 있었다.

"오니즈카는 정말 그걸로 괜찮겠어?"

"뭐가요?"

"이야기를 듣고 생각해봤는데, 오니즈카는 이누이 선배를 좋아하지?"

"흐냣?!"

케이키의 직구에 메구미가 화르륵 얼굴을 붉혔다.

그 반응은 대답을 말한 것과 마찬가지였다.

"조, 좋아하면 안 돼요?!"

"아니, 그런 건 아니지만."

"하지만 뭐죠?!"

"연애를 금지하면 오니즈카도 이누이 선배와 사귈 수 없게 되잖아?"

가령 연애 금지 교칙이 성립된다고 치자.

그 룰은 당연히 학생인 메구미에게도 적용될 것이다.

그렇게 되면 그녀가 그에게 고백해도 학교에서 교제할 수 없게 된다.

그런데도 메구미의 반응은 담담했다.

"아아, 그런 거였어요……?"

"그런 거라니……."

"확실히 난 어릴 때부터 계속 나오를 좋아했어요. 하지만 여태껏 용기를 낼 수 없어서 고백하지 못했죠."

"……."

"고등학교에 들어오면 마음을 전하려고 했는데 막상 전하려고 하니 역시 무서워져서……."

결국 마음을 전하지 못한 채 질질 끌어왔던 것 같다.

"게다가 나오는 언제부턴가 별로 만나주지도 않고, 잠시 소원해진 상태가 돼서…… 날 피하는 건 아닌지 불안해졌는

데 웬일인지 미타니에게 푹 빠져서는…… 결국 남자였고 차였고…….”

“저기, 우리 미타니 때문에 미안…….”

후배의 여장 버릇 때문에 메구미의 인생이 힘들어지게 되었다.

“……난 어릴 때 같은 반 남자애들한테 놀림을 당했어요. 이름이 오니즈카라고 귀신 아이라고 부르고, 난 그게 너무 싫었죠. 아니, 귀신 아이라니요? 귀신이라면 옛날이야기에선 대개 나쁜 짓만 하는 적대적인 캐릭터잖아요.”

“뭐, 이해해.”

옛날이야기 속에 등장하는 귀신은 별로 좋은 이미지는 아니었다.

유소년기에 그런 별명으로 불렸다면 기분 나쁘겠지.

“그때 나오가 근처로 이사를 왔어요. 날 놀리던 애들을 쫓아주고, 같은 학교를 다니면서 자연스럽게 둘이 등하교를 하게 되고, 머지않아 서로의 집에 왕래하게 되고…… 좋아한다는 걸 깨달은 건 꽤 이후의 일이었지만요.”

그를 좋아한다고 깨달은 건 그녀가 중학교에 올라간 이후였다고 한다.

자신의 마음을 깨달았지만 용기가 없어 고백하지 못한 채 소꿉친구로서 함께 지냈다고.

“그래서 결국 나오와 사귈 수 없게 됐고 무료해서 오타쿠 서클에 들어갔다가 공주님이 되어서 현재에 이르게 된 거죠."

"응? 만화연구부에 들어간 게 그런 이유였어?"

"부원들은 전부 오타쿠였지만 남자들이 응석을 받아주는 것도 나쁘진 않았어요."

"우와아······."

오니즈카, 정말 엄청난 사람이었구나.

"난 내 마음 따윈 아무래도 상관없어요. 다만 좋아하는 사람이 남은 고등학교 생활을 웃는 얼굴로 보냈으면 좋겠어요."

"오니즈카······."

아야노가 성실한 회장 후보라고 한다면 메구미는 이색적인 회장 후보였다.

모든 학생들이 즐거운 학교생활을 보낼 수 있길 바라는 아야노에 비해 메구미는 단 한 사람의 남자를 위해 학생회장이 되려고 했다.

"미안, 오니즈카······."

그녀의 목적은 알았다.

연애 금지에 집착하는 이유도, 선거에 임하는 열의도 이해했다.

하지만—.

"역시 난 오니즈카를 회장으로 만들 수 없을 것 같아."

"그래요······?"

쓸쓸한 듯 중얼거린 후에 메구미가 피식 웃었다.

"그럼 나머지는 선거에서 결판을 내는 수밖에 없겠네요."

그날 방과 후, 학생회실에서는 시호를 제외한 멤버 4명이
자리에 앉아 있었다.

"우와, 그건 완전히 제 잘못이잖아요."

"정말. 대체 어떻게 할 거야? 이 뒤처리를."

"미타니의 벌은 나중에 생각하기로 하고, 결국 이누이 선
배는 완벽한 피해자였네요."

"위원장이 불쌍해……."

수업이 끝난 후 학생회실로 향한 케이키는 모인 멤버들에
게 메구미에게서 들은 이야기를 전했다.

다른 사람의 연애 사정을 말하는 것도 좀 그랬지만 린타
로가 얽혀있는 이상 학생회 멤버들도 관계가 없는 건 아니
었다.

"하지만 멋대로 착각한 건 상대잖아요."

오늘도 역시 치마를 착용하고 있는 여장 남자가 불만스럽
게 입을 삐죽거렸다.

"딱히 난 내가 여자라고 말한 적 없다고요."

"네가 치마를 입고 있으면 여자로밖에 안 보이잖아."

"아아, 케이 선배도 처음에는 내 몸에 흥분했었죠."

"죽고 싶어지니까 기억나게 하지 말아줘."

남자의 뒷모습을 보고 두근거렸던 자신을 때리고 싶었다.

케이키의 인생사 중에서도 꽤 상위에 위치하는 흑역사였다.

"나가세가 남자를 위로하다니, 굉장한 일이야."

남자를 싫어하는 아이리가 동정할 정도였다. 그러니 이누이 위원장도 '이제 사랑 따윈 안 해……'라는 노래 가사 같은 말을 하고 싶어지겠지.

"케이 선배도 한 번 시험해보면 여장의 매력을 알게 될 거예요."

"그런 걸 알고 싶겠냐?"

"하지만 키류 선배도 바니걸 의상을 입은 적이 있잖아요?"

"왜 나가세가 그걸 알고 있는 거야?!"

"얼마 전 파자마 파티 때 유이카가 보여줬어요."

"유이카아아아아아아아아?!"

대체 어떤 사진을 보여준 거야?

유이카가 집에 놀러왔을 때 벌이라고 칭하며 입혔던 악몽이 되살아났다.

케이키의 인생사 중에서도 톱3에 속하는 흑역사였다.

"그건 아야노도 흥미 있는데."

"보여주게 놔둘 것 같아?"

그런 모습을 보여줄 바에야 냄새를 맡게 하는 게 훨씬 나았다.

"뭐, 여기서 미타니를 책망해봤자 문제는 해결되지 않으니 지금은 선거에 전념하죠."

"확실히, 여기서 싸워봤자 별수 없으니까."

사용할 수 있는 시간은 한정적이었다.

린코에게 설교하는 것보다 선거에 이기기 위한 준비에 써야 하는 게 맞다.

마음을 다잡은 케이키 맞은편에서 아야노가 불쑥 중얼거렸다.

"오니즈카는 좋아하는 사람을 위해 학교를 바꾸려는 거지?"

"그래, 그렇게 말했어."

"그게 이유라면 더더욱 오니즈카에게는 질 수 없어."

"그래……."

모두가 즐거운 학교생활을 보냈으면 좋겠다.

그게 아야노의 바람이었고 그녀를 움직이게 하는 원동력이었다.

공부나 동아리 활동도 중요하지만 멋진 파트너와 보내는 시간도 소중한 청춘 아닌가.

메구미의 마음도 이해하지만 한 남자를 위해 다른 학생들의 청춘을 희생시키는 정책을 용납할 순 없었다.

선거 기간도 오늘로 딱 반이 지난 지점.

어쨌든 이틀이 남았다.

그 이후 아이리에게 연설 자료를 모아 달라는 부탁을 받은 케이키는 도서실을 방문했다.

몇 권의 책을 골라낸 후 창가 자리에 앉아 각자의 책에서 필요한 항목을 노트에 옮겨 적었다.

묵묵히 작업에 몰두하고 있는데 맞은편 자리로 찾아온 인물이 말을 걸었다.

"아, 키류. 또 만났네."

"……아아, 안녕하세요."

고개를 들자 얼마 전 만난 예리한 눈빛이 특징인 남학생이 서 있었다.

아무래도 상급생인 듯한데 역시 케이키는 그의 모습을 기억하지 못했다.

"저기…… 실례지만 어디서 만난 적이 있었나요?"

"어라? 혹시 기억 안 나? 축제 때, 같이 일을 했었잖아."

"축제……?"

기억을 더듬어보았다.

"으―음, 역시 기억에 없는 것 같은데요."

"아, 그래―?"

축제 기억 폴더에서 검색을 해봤지만 눈앞에 있는 인물은 떠오르지 않았다.

그의 특징적인 매서운 눈매는 한 번 보면 잊을 수 없을 것 같은데.

"아, 그럼 이렇게 하면 알려나?"

손에 들고 있던 도구들을 내려놓은 그가 케이스에서 꺼내든 안경을 썼다.

이것 또한 특징적인 동그란 안경이었고 그 렌즈 모양은 기억나는데―.

"아…… 아앗?!"

겨우 생각났다.

"축제 실행위원회 위원장?!"

"다행히 기억을 했네. 정식으로 인사할게. 축제 실행위원장이었던 이누이 나오야라고 해."

안경 쓴 이미지밖에 없었기 때문에 눈치채지 못했다.

그야말로 축제에서 일어난 비극의 주인공, 여장한 린타로에게 차인 축제 실행위원회의 위원장 이누이 나오야 본인이었다.

"이누이 선배, 안경은 폼이었어요?"

"난 옛날부터 눈매가 사나워서. 그것 때문에 여자들한테 인기가 없는 것 같아서 3학년이 된 이후로 안경을 쓰게 됐어."

"그, 그래요……?"

신분을 증명한 상급생이 의자에 앉아 안경을 벗었다.

(확실히 안경이 없으니까 좀 위압감이 느껴지네…….)

이야기를 해보면 말투도 부드럽고 좋은 사람인데.

"하지만 요즘 들어 스스로를 속이는 게 바보 같아져서."

"그렇군요. 그게 더 멋있어요."

"고마워. ……그러고 보니 키류는 학생회 임원이었지?"

"축제 때는 임시 임원이었고 지금은 이미 관뒀어요."

"그럼 내가 미타니에게 차인 건 알아?"

"네에, 뭐, 대충은……."

솔직하게 답하자 나른한 표정으로 그가 이야기를 시작했다.

"난 말이지, 미타니를 정말 좋아했어. 그렇게 귀여운 아이가 설마 남자였을 줄이야. 신은 정말로 짓궂으시지."

"뭔가 죄송하네요……."

"아하하, 키류가 사과할 일이 아니잖아."

"아뇨, 아는 사람한테 꽤 충격을 받았다는 이야기를 들었거든요."

"응? 누구한테 들었어? ……뭐, 확실히 차인 직후에는 좀 충격이었지만. 대충 진정한 후에 정신을 차리고 귀여우면 남자라도 괜찮지 않을까 생각도 해봤는데……."

"그건 완전히 말기 증상인데요."

아무리 귀여워도 어디까지나 남자.

치마 속에 흉포한 야수를 기르고 있었다.

"그래도 언제까지나 울적할 순 없으니까. 실연의 충격을 달래기 위해 그 이후 계속 도서실에서 공부를 했어."

"그러셨어요……?"

그때 케이키는 어떠한 사실을 깨달았다.

"이누이 선배, 계속 도서실에서 공부하고 있었어요? 이 자리에서?"

"응? 글쎄, 거의 이 자리였지."

"그건 어제 점심때도?"

"맞아. 잘 아네."

"……."

또 하나, 케이키의 머릿속에서 조각이 채워졌다.

(그래…… 오니즈카는 어제 중앙정원에서 공부하는 이 사람을 보고 있었어.)

사정은 잘 모르겠지만 메구미와 나오야는 소원해진 상태라고 했다.

얼굴을 마주하는 게 어색해 멀리서 바라보고 있었던 거겠지.

기특한 메구미가 너무 귀엽게 느껴졌다.

"키류는 무슨 책을 읽고 있어?"

"연설 관련 책이에요."

"연설?"

"제가 선거 기간 한정으로 후지모토의 비서를 맡았거든요."

"아아, 그래서."

납득한 듯 나오야가 고개를 끄덕였다.

"선거라고 하니까 생각나는데, 이번에 출마한 오니즈카 메구미라는 아이가 내 소꿉친구야."

"흐음—그렇군요."

메구미의 이야기가 등장해 처음 듣는 것처럼 말을 맞춰주었다.

"그런데 갑자기 학생회장에 입후보해서 놀랐어. 메구미는 별로 그런 일에 나서는 타입이 아니니까."

이 발언으로 확신했다.

(역시 이누이 선배는 모르는구나. 오니즈카가 입후보한 이유를.)

뭐, 메구미의 말투로 볼 때 그에게 전하지 않은 건 상상할 수 있었지만.

(말해버릴까? 이누이 선배한테 오니즈카가 짝사랑하고 있다는 걸.)

소꿉친구라고 말하는 걸 보면 그도 메구미를 귀엽게 여기고 있을 것이다.

케이키의 말에 혹시 두 사람이 서로 좋아하게 된다면 메구미가 학생회장이 될 이유는 없어진다.

(……아니, 역시 안 돼. 오니즈카의 마음을 멋대로 전하는 건.)

그건 완전히 룰 위반이었다.

본인이 계속 말하지 못했던 마음을 타인이 전하는 건 절대로 안 될 일이었다.

(……잠깐만? 그럼 두 사람이 이어지도록 넌지시 도와주면…….)

남몰래 사랑의 큐피드가 되는 건 괜찮겠지.

일찍이 오오토리 코하루와 아키야마 쇼마 사이를 주선했던 자신이라면 가능할 것 같았다.

그렇게 결정했다면 서둘러야지.

바로 속을 떠보았다.

"실은 저, 오니즈카랑 같은 반이에요."

"응? 그랬어? 그거 굉장한 우연이네."

"소꿉친구라면 지금도 오니즈카랑 사이가 좋으세요?"

"아니, 그게…… 요즘은 자주 못 만나서."

"왜요?"

"응…… 이건 좀 말하긴 힘든 이야긴데……."

정말 말하기 힘든 듯 손가락으로 뺨을 긁적거리며 나오야가 말을 이었다.

"실은 얼마 전, 메구미한테 내 방에 숨겨둔 야한 책을 들켰거든."

"에?"

자신도 모르게 얼빠진 소리가 나왔다.

전혀 예상하지 못한 에피소드가 튀어나왔기 때문에.

"게다가 그게 좀 마니악한 느낌의 책이라……."

"네? 저기, 잠깐만요……?"

"메구미는 웃으면서 용서해줬지만. 그 이후 아무래도 얼굴을 마주하는 게 어색해서……."

"네에……?"

어쩌지?

생각한 것보다 시시한 사정에 힘이 빠졌다.

아니―.

(소원해진 이유가 그거였어?!)

메구미도 나오야가 자신을 피하고 있는 것 같다고 말했지만 그 원인이 야한 책이었을 줄이야.

아마 그녀는 그런 건 전혀 신경 쓰지 않았을 것이다.

신경 쓰기는커녕 호되게 실연당한 그를 진심으로 걱정하고 있었다.

"하지만 축제가 끝난 후 메구미가 먼저 말을 걸어줬어. 그 아이는 착하니까 실연하고 우울해하는 날 내버려 둘 수 없었겠지."

"그렇군요. 그랬을 것 같아요."

어쨌든 메구미 본인에게 들은 이야기니 틀림없을 것이다.

아마 그녀는 순수한 마음의 소유자겠지.

그렇지 않다면 좋아하는 남자를 위해 교칙을 바꾸려고 하지 않을 것이다.

"사실대로 말하자면…… 난 메구미를 좋아했어."

"흐음— 그러셨군요."

…….

…….

…….

"……잠깐, 네에에?!"

뒤늦게 놀랐다.

"이누이 선배가 오니즈카를 좋아했어요?!"

"응. 하지만 왠지 메구미는 날 피하는 것 같았고 만화연구부에 들어가서 남자들에게 사랑받는 게 즐거워 보여서 결국 고백 못 했지……. 그래서 새로운 사랑을 찾으려다가……."

"아—, 그런 거군요……."

소녀만화라고 생각될 정도로 멋지게 엇갈리고 말았다.

한쪽이 바로 고백했다면 그걸로 해피엔딩이었을 패턴.

"그래서 린타로에게 속은 거군요."

"그런 거지. 메구미를 포기하려고 했는데 날 격려해주는 그녀를 보고 뭐랄까, 저기……."

"본격적으로 좋아하게 됐다고."

"뭐, 단적으로 말하자면……."

"이누이 선배, 의외로 쉬운 사람이네요."

"쉬운 선배라 미안하다!"

"으—음……."

뭔가 다양한 정보가 튀어나와서 무심코 하늘을 올려다보았다.

(이건 즉, 두 사람이 서로 좋아하고 있다는 뜻이지⋯⋯?)

설마 했던 급전개였지만 큐피드로서 이 기회를 놓칠 순 없었다.

"좋아요, 고백하세요! 오니즈카에게!"

"뭐? 하지만⋯⋯."

"쇠뿔도 단김에 빼라잖아요! 고백도 당장 하는 게 좋아요! 오니즈카는 귀여워서 멍하니 있으면 다른 사람한테 뺏긴다고요!"

"하지만 난 다른 아이에게 마음이 갔었고⋯⋯게다가 여장 남자한테 차인 한심한 남자니까⋯⋯."

"그런 건 관계없어요! ―그렇지! 뭣하면 지금부터 연습해볼까요?! 제가 연습 상대가 되어드릴게요!"

"키류, 왜 그렇게⋯⋯."

"그야 당연히 두 사람이 행복해졌으면 좋겠으니까요!"

본인들은 모르지만 이누이 나오야와 오니즈카 메구미는 서로 좋아하고 있었다.

여기서 그가 그녀에게 고백하면 아마 거절당할 일은 없겠지.

메구미의 사랑이 이뤄지면 더 이상 『연애 금지화』를 강행할 필요도 없어지고 아야노도 학생회장이 되고 완전 일석이

조였다.

(그걸 위해서라도 이누이 선배가 노력해줄 필요가 있어.)

모두가 행복한 미래로 가는 열쇠는 이 약간 눈매가 사나운 상급생이 쥐고 있었다.

"……이런 내가 메구미에게 고백해도 될까?"

"그야 당연하죠! 연애는 자유니까요!"

"연애는……자유……."

진지한 표정으로 케이키가 대충 만들어낸 결정적인 대사를 복창하는 이누이.

"알았어, 키류! 나, 메구미한테 고백해볼게!"

"드디어 알아주셨군요!"

"갑작스럽겠지만 연습 상대가 되어줬으면 좋겠는데!"

"물론이죠!"

케이키가 마음을 전하자 드디어 위원장도 의욕 있게 나서줬다.

다행히 오늘 도서실엔 다른 이용객도 없었고 당번인 도서위원도 서고에서 작업을 하고 있었기 때문에 다소 시끄러워도 문제는 없을 것이다.

정적에 휩싸인 도서실, 자리에서 일어난 두 사람이 진지한 얼굴로 마주 보았다.

"그럼 바로 가시죠!"

"으, 응! ……나, 나는…… 너, 너너너너를 좋아해!"

"그럼 안 돼요! 전혀 안 돼요! 선배의 사랑이 그 정도예요?! 한 번 더!"

"난 널 좋아해!"

"좀 더 큰 소리로!"

"난, 난 널—."

나오야가 깊게 한숨을 내쉬고

"정말 좋아해애애애애애애애애애애애!!"

흘러넘치는 마음을 담아 힘껏 소리를 질렀다.

대범하면서도 몸과 마음을 담아 내뱉은 세 번째 고백은 뜨거운 마음이 강하게 전해지는 좋은 고백이었다.

"좋아요!"

회심의 고백에 케이키가 무심코 승리의 포즈를 취했고,

"—으응?"

지나가던 난죠가 멍한 소리를 흘렸다.

"응? 난죠?! 왜 여기?!"

손에 책을 들고 있는 걸 보면 아무래도 빌린 책을 반납하러 온 것 같은데 유감스럽게도 너무나 타이밍이 안 좋았다.

"키, 키류가…… 키류가 눈매가 사나운 꽃미남에게 구애받고 있어!!"

"구애?!"

숨 쉬듯 자연스럽게 지나가던 부녀자가 장대한 착각을 하고 있었다.

확실히 옆에서 보면 남자 선배가 남자 후배에게 고백하는 그림으로밖에 보이지 않는 상황이었다.

느닷없이 얻게 된 기적 같은 BL 소재에 남성기 사건으로 기운을 잃었던 마오가 생기 넘치게 눈을 반짝거렸다.

"큰일이야…… 바로 작업에 착수해야겠어……!!"

"잠깐만?!"

"정말 잘 먹었습니다아아아아아아아아아!!"

정말 물 만난 고기 같았다.

신선한 소재를 입수한 마오가 전력 질주로 도서실을 빠져나갔다.

"정말 큰일 났네……."

린타로에 이어서 또다시 양질의 BL 소재를 제공하고 말았다.

"방금 그 아이도 키류랑 아는 사이지? 미안. 나 때문에 뭔가 착각을 하게 만든 것 같은데."

"저야말로 중단시켜서 죄송해요. 난죠는 신경 안 쓰셔도 되니까 연습을 재개하죠."

"아니, 이제 됐어, 키류."

"이누이 선배?"

"차근차근 생각해보니 역시 나 같은 게 고백하는 건 주제넘은 것 같아. 미타니에게 마음을 줬던 주제에 무슨 면목으로 말하겠어."

"그건……."

"응원해준 키류에게는 미안하지만 역시 포기하기로 했어. 메구미와 난 어울리지도 않잖아."

역시 아직 실연을 마음에 두고 있는 듯 부정적인 사고가 작렬했다.

메구미는 포기하겠다며 웃는 얼굴로 말하는 모습이 애처로웠다.

"—나랑 나오는 어울리지 않는다고."

""응?""

도서실에 볼일이 있었던 건지 혹은 나오야의 목소리가 들려서 찾아온 것인지.

케이키와 나오야가 뒤를 돌아보니 그곳에는 얼빠진 표정의 메구미가 서 있었다.

"메, 메구미……?"

"그래…… 맞아…… 어울릴 리가 없죠…… 나 같은 거랑 나오가…… 어울릴 리가……."

떨리는 목소리로 메구미가 눈에 눈물을 글썽였다.

상황 파악은 안 되지만 그녀가 뭔가 오해를 하고 있다는 건 알 수 있었다.

"오니즈카, 그게 아니야……!!"

하지만 그걸 전하기 전에 그녀는 몸을 돌려 뛰기 시작

했다.

"오니즈카?!"

케이키가 부르는 소리도 순간적으로 뻗은 오른손도 닿지 않았다.

제지를 뿌리친 메구미가 도서실을 달려나갔다.

그런 그녀를 케이키와 이누이는 멍하니 배웅할 수밖에 없었다.

"왜 이렇게 된 거야……."

사랑의 큐피드가 들으면 어이없어하겠지.

커플을 성립시키기는커녕 쓸데없이 참견했다 두 사람의 사랑을 엉망진창으로 꼬이게 만들고 말았다.

…에필로그…

선거전도 종반을 달리며 4일째를 맞이한 목요일 아침.

평소처럼 함께 집을 나선 케이키와 미즈하 두 사람은 통학로를 터벅터벅 걷고 있었다.

"오늘은 좀 춥네."

"벌써 12월이니까."

시간은 참 빨리 흘러서 올해도 한 달밖에 남지 않았다.

선거가 끝나면 바로 기말시험.

그걸 극복하면 크리스마스가 찾아오고 꿈만 같은 정월과 겨울방학이 기다리고 있다.

오늘 하늘은 비라도 내릴 것처럼 잿빛이었고 건조한 겨울 공기가 가차 없이 체온을 앗아가고 있었다.

추위를 타는 미즈하는 교복 위로 가벼운 코트를 걸치고 있었지만 집을 막 나섰는데도 뺨이 좀 붉어져 있었다.

"올해는 눈이 내릴까?"

"글쎄."

미즈하의 질문에 애매하게 답했다.

오랫동안 이 마을에 살고 있지만 겨울에도 눈이 내리는 일은 거의 없었다.

내린다고 해도 1년에 두세 번.

그것도 내려봤자 쌓이지도 않고 금방 사라져버릴 정도

였다.

"할아버지 집에는 눈이 엄청 많이 내리는 것 같던데."

"TV에서 자주 봤는데 적설지대 사람들은 눈을 치우느라 엄청 힘들어한대."

"미즈하는 추위를 많이 타니까 그런 곳에선 살 수 없겠지."

"아하하, 그럴지도."

살짝 웃으며 그녀는 화제를 바꿨다.

"오빠는 오늘도 선거를 도우러 갈 거지?"

"그래, 그럴 생각이야."

"투표일이 내일이네."

내일은 드디어 선거전 최종일.

체육관에서 후보자 두 사람이 연설을 끝내면 학생들에 의한 투표가 이뤄질 예정이다.

"힘내, 나도 응원할게."

"고마워."

물론 전력을 다해 표를 가져올 생각이다.

다만 한 가지 걸리는 게 있었다.

(······오니즈카는 괜찮을까?)

연락처를 교환한 이누이 선배 왈, 메구미와는 연락이 되지 않는 상태라고 한다.

노골적으로 착신 거부를 하고 있고 완벽한 무시 모드라고.

그렇다면 이쪽에서 접촉하는 것도 어렵겠지.

같은 반인 케이키도 말을 건 순간 그녀가 도망갈 공산이 컸다.

메구미와 나오야가 서로 좋아한다는 걸 알고 있는 건 케이키뿐이었다.

두 사람을 원만하게 맺어주기 위해 술책을 부리려다 오히려 골만 깊어지고 말았다.

그 책임은 자신이 져야 했다.

오해를 안은 채 메구미를 학생회장으로 만들 순 없었고, 그녀와 이누이 선배가 제대로 마음을 전할 수 있도록 내일 투표에선 후지모토 진영이 승리를 거머쥘 필요가 있었다.

"결국 선거에서 흑백을 가릴 수밖에 없다는 것인가……."

어제도 신문부가 최신 지지율을 발표했지만 결과는 처음과 별반 다르지 않았다.

아이리의 예상대로 메구미를 지지하는 연애 안티들은 더 이상 늘어나지 않았다.

내일 있을 연설회만 무사히 넘긴다면 과반수의 지지를 받고 있는 아야노가 아무 탈 없이 학생회장에 취임할 수 있을 것이다.

메구미에게는 그 이후에 천천히 사정을 설명하면 된다.

그런 계획을 머릿속으로 그리다 보니 어느샌가 학교에 도착했다.

"……응? 뭐지?"

"사람들이 모여 있어."

미즈하와 둘이서 건물로 들어서자 학생현관 게시판 앞에 학생들이 모여 있었다.

"앗, 키류 선배! 큰일 났어요!"

"나가세?"

"이쪽으로 좀 와보세요!"

당황한 모습의 아이리가 달려와서는 난폭하게 손목을 붙잡고 게시판 앞으로 끌고 갔다.

"이것 좀 보세요……."

"……응?"

그 두 장의 사진은 흰 종이에 늘어놓은 상태로 일부러 아야노의 선거 포스터 위에 붙여져 있었다.

"뭐야……이건……."

오른쪽 사진에는 자판기 옆에서 아야노에게 안긴 케이키의 모습이 담겨 있었고 왼쪽 사진은 복도에서 시호에게 끌어안긴 케이키가 그녀의 가슴에 얼굴을 묻은 순간을 포착한 것이었다.

일정 이상의 친밀함으로 보는 사람들에게 강한 인상을 주는 두 장의 사진.

사진 아래쪽 공백 부분에는 검은 매직으로 『2학년 B반의 키류 케이키는 양다리를 걸치고 있다!』라고 쓰여 있었다.

후기

스포일러를 포함하고 있으니 본편을 아직 읽지 않으신 분은 주의해주십시오.

변태 좋아 9권을 구매해주셔서 정말 감사합니다.

이번에는 오랜만에 새로운 캐릭터로 케이키와 같은 반의 오니즈카가 등장했는데 어떠셨나요?

오타쿠 서클의 공주님 같은 위치의 아이를 등장시키고 싶었는데 염원이 이뤄져서 정말 기쁘게 생각합니다.

오니즈카의 매력 포인트는 공주님처럼 풍성한 긴 머리와 친근한 말투와의 갭입니다.

소꿉친구를 위해 학생회장에 입후보하다니, 일편단심이랄까, 저돌적 맹진이랄까…….

그리고 만반을 준비를 하고 다시 등장한 축제 실행위원회 위원장.

그렇습니다, 축제 때 비참한 일을 겪었던 그 사람입니다.

다시 등장하자마자 마오에게 소재를 제공해버리는 걸 보면 그는 그런 별에서 태어난 것 같기도 하네요.

아무 생각 없이 7권 삽화에 안경 쓴 버전의 이누이 선배를 살짝 실어놓았으니 흥미 있는 분들은 찾아보셨으면 좋겠습니다.

이와 같이 9권은 자연체험학습과 학생회 선거라는 이벤

트로 가득 채워졌습니다.

　미즈하가 스트립쇼를 개최하고 케이키와 난죠가 다양한 의미로 친해졌는데 이번에도 강렬한 내용이 느껴지셨나요?

　유이카나 사유키 선배의 출연이 적었기 때문에 다음에는 이 두 사람의 에피소드도 많이 쓰고 싶습니다.

　학생회 선거와 오니즈카의 사랑의 행방은 다음 권에 계속됩니다.

　본편도 12월에 돌입했고 앞으로는 점점 겨울 이벤트도 늘어갈 것 같으니 기대해주십시오.

　그리고 보니 6권 후기에서 변태 좋아 상품을 가득 담은 상자 이야기를 했었는데 시간이 나면 정리한다는 식으로 이야기를 해놓고 아직도 정리를 하지 못했습니다.

　오히려 전보다 상자가 늘어난 것 같기도 하고…….

　올해 안에는 책장이나 선반을 사서 정리할 생각입니다. 이번에야말로 제대로.

　본편도 계속 최선을 다해 작업하고 있으니 앞으로도 많은 응원 해주신다면 기쁠 것 같습니다.

　그럼 다음에는 10권에서 만나요.

하나마 토모

KAWAIKEREBA HENTAI DEMO SUKI NI NATTE KUREMASUKA? Vol.9
©Tomo Hanama 2019
First published in Japan in 2019 by KADOKAWA CORPORATION, Tokyo.
Korean translation rights arranged with KADOKAWA CORPORATION, Tokyo.

귀여우면 변태라도 좋아해주실 수 있나요? 9

2021년 6월 1일 1판 1쇄 발행

저　　　자 하나마 토모
일 러 스 트 sune
옮 긴 이 심희정
발 행 인 유재옥
본 부 장 조병권
담당편집자 정영길
편집 1팀 이준환 박소연
편집 2팀 정영길 김민지 조찬희
편집 3팀 오준영 곽혜민 김혜주
라 이 츠 한주원
디 지 털 박상섭 이성호 최서윤
미　　　술 김보라 서정원
발 행 처 ㈜소미미디어
인쇄제작처 코리아피앤피
등　　　록 제2015-000008호
주　　　소 서울시 마포구 토정로222, 403호(신수동, 한국출판콘텐츠센터)
판　　　매 ㈜소미미디어
마 케 팅 한민지 이주희
물　　　류 허석용
전　　　화 편집부 (070)4164-3962, 3963 기획실 (02)567-3388
　　　　　　판매 및 마케팅 (070)4165-6688, Fax (02)322-7665

ISBN 979-11-6611-863-0 04830
ISBN 979-11-6190-647-8 (세트)